A TERRA E O CÉU DE JACQUES DORME

TRADUÇÃO Celso Mauro Paciornik

A TERRA E O CÉU DE JACQUES DORME

Andreï Makine

COSACNAIFY

Para Carole e Laurent

1

O tempo de viverem juntos será tão breve que tudo lhes acontecerá pela primeira e última vez.

No começo da noite, na violência do amor, ele rompeu o fio do velho colar que ela nunca tirava. As pequenas pérolas de âmbar crivaram o assoalho, e a chuva que começara a cair imitou essa fina metralha de início, depois se soltou, virando aguaceiro, tromba-d'água e, por último, maremoto inundando o quarto. Após o calor intenso daquele dia de vento seco que zunia como asas de insetos, essa onda atingiu os corpos nus, encheu os lençóis do odor úmido das folhas, do frescor áspero dos prados. A parede, em frente ao leito, não existe, apenas as fendas dos esteios carbonizados, restos do incêndio de duas semanas atrás. Por trás do vão, o céu tempestuoso estufa pesadamente sua carne violeta, resinosa. O primeiro e o último temporal de maio daquela vida em comum.

Ela se levanta, empurra a mesa para o canto mais abrigado do dilúvio, depois para perto da parede esburacada. Ele se recompõe, vai ao encontro dela, aperta-a nos braços, a boca enterrada em seus cabelos, o olhar perdido no tumulto escuro além da brecha. O vento gruda em sua pele como um longo pano molhado. O homem estremece e murmura no ouvido da mulher: "Você nunca sente frio...". Ela ri docemente: "Faz mais de vinte anos que estou nestas estepes. E você... Um ano? É isso... Vai se acostumar, você vai ver...".

Um comboio sacode pesadamente os trilhos, bem perto da casa. O resfolegar da locomotiva perfura a escuridão, através da chuva. A massa dos vagões se imobiliza sob as janelas, o facho de uma lâmpada risca o quarto. O homem e a mulher se calam, apertados um contra o outro. Sobe do trem uma mistura de vozes sibilantes, lamentos, um longo estertor de sofrimento. Inválidos vindos do front sendo evacuados para as profundezas do país. É estranho sentir o próprio corpo tão vivo e ainda fremindo de prazer. Esses ombros femininos à carícia dos dedos, a pulsação lenta, cálida, do sangue, ali, na reentrância dos quadris. E sob o pé, o deslizar de uma pérola de âmbar. E o pensamento de que amanhã será preciso recolhê-las, consertar o colar...

O mais espantoso é pensar nesse dia de amanhã, nessa caça às contas. Nesta casa a apenas uma centena de quilômetros da linha do front, neste país, estrangeiro para a mulher e mais estrangeiro ainda para o homem... Sob as janelas, o comboio começa a se mover, a cadenciar seu tamborilar de aço. Acompanham os sacolejos que somem na distância por trás do gotejar da chuva. O corpo da mulher arde. "Mais de vinte anos nestas estepes...", lembra o homem, e sorri na escuridão. Desde que se encontraram, dois dias antes, ele teve tempo de lhe contar o que acontecera na França nos últimos vinte anos. Como se fosse possível lembrar tudo, enumerar todos os acontecimentos, um a um, de 1921 até junho de 1940, quando ele deixara o país...

A chuva ricocheteia no assoalho, eles sentem um véu de umidade no rosto. "Acha mesmo que ele conseguirá se impor?", ela murmura. "Sem exército, sem dinheiro. É bom ser general..." Ele não responde de imediato, tomado pela estranheza daquele momento: uma mulher que durante tantos anos não ouvia ninguém chamá-la por seu verdadeiro nome ("Churá", dizem as pessoas daqui quando falam com ela, Churá ou, às vezes, Alexandra), ele próprio transformado em piloto russo, esta casa destroçada por uma explosão, este povoado à beira de um grande rio, no meio das estepes onde se prepara uma batalha gigantesca...

Um pássaro adentra o quarto, assustado com a tempestade, risca no escuro um voo desnorteado, escapa pela fenda.

"É verdade, há poucos ao redor dele", murmura o homem, "e além disso, os ingleses, não sei se podemos contar com eles... Mas, sabe, é como num combate aéreo, nem sempre é o número de aviões que decide, nem mesmo a qualidade, é... Como te dizer? É o ar. É, o ar. Às vezes você sente que o ar te leva, joga a teu favor. O ar ou o céu. É só acreditar muito nisso. Para ele também é o céu que vai decidir a partida, mais que todo o resto... E ele acredita."

No caminho, refiz várias vezes o cálculo dos anos que me separavam dos dois amantes.

"Cinquenta anos, mês a mais, mês a menos...", penso de novo, acompanhando pela janelinha do avião a monotonia das horas noturnas sobre a Sibéria. Cinquenta anos... A cifra deveria me impressionar. Mas, em vez do espanto, um sentimento muito vivo da presença desses dois seres em mim, de sua profunda vinculação ao que sou.

Fora, só se consegue andar enfiando um pique ou bastão de esqui na camada de gelo varrida pela nevasca. No interior, na longa sala de jantar da isbá, a estufa de aço está vermelha. O ar cheira a cortiça queimada, tabaco forte, álcool a oitenta graus misturado com xarope de *canneberge*. Faz apenas uma hora que cheguei, o objetivo foi alcançado, estou ali, na casa que chamam de a Beira. ("É à beira", disse um nativo indicando o caminho. "À beira do quê?" "A Beira simplesmente, é assim que a chamamos, é a última casa, você verá, lá tem um heliponto. Enfim, agora, na nevasca, você não vai enxergar nada. Principalmente, não largue o cabo!") Saí andando curvado sob as rajadas, a mochila balançando nas costas, numa das mãos um velho bastão de esqui, a outra escorregando por uma corda grossa estendida de uma casa a outra.

Agora, no calor desta cozinha, só me resta esperar meu corpo se acalmar, ofegante do percurso. Muitos dias de trem, depois de avião, por último essa terrível máquina com esteiras articuladas metálicas que me trouxe até aqui pelos desertos de gelo. E a última etapa: esse avanço interminável ao longo do cabo coberto de geada, um arrastar penoso até a Beira. À beira do quê? À beira de tudo. Da terra habitada, do Ártico, da noite polar. O cabo terminava ali, preso aos esteios da última casa.

Agora consigo mexer os pés dentro das botas. Minhas mãos, as falanges dos dedos, revivem, obedecem, e seguro a xícara sem derrubar como pouco antes. O objetivo foi alcançado, penso, sorrindo. Estou nos locais que Jacques Dorme sobrevoou um dia. Amanhã verei o lugar onde se rompeu uma vida que trago em mim desde a infância. Sua vida e a da mulher que o amara. Na sonolência bem-aventurada da minha exaustão, essas vidas antigas se animam por detrás de minhas pálpebras, ressuscitando o relato de uma viagem, uma cidade, a lembrança imaginada de uma noite. Dessa noite em que a chuva imitou o *staccato* das pérolas de âmbar...

"Escute, amigo, conhece a história do jovem moscovita, meio como você, que vem pela primeira vez à taiga da Iacútia? Espere, vou contar..."

É um dos que me hospedam que fala. São três na casa da Beira. Esses dois geólogos que ao me apertarem a mão tinham repetido, numa coincidência engraçada, o mesmo nome: Liev. Dois Léon, dois leões, pensei, contendo um sorriso. O primeiro, grande e parrudo, decerto adivinhou meu pensamento e quis ser preciso: "Não, o verdadeiro leão sou eu. Ele é um leãozinho...". O segundo, pequeno, o rosto mosqueado de queimaduras do frio, gritou: "Cala a boca, Trótski!". Bebi com eles um trago de boas-vindas, essa beberagem desumana, álcool apenas adocicado pelo *canneberge*, depois com uma facilidade quase mágica consegui ser aceito na expedição do dia seguinte. "Mas é claro, amigo, basta dizer duas palavrinhas ao piloto e é como se já estivesse resolvido. Ele o levará aonde você quiser enquanto nós fazemos a montanha estalar." Tirei da mochila uma garrafa de conhaque que trouxera de Paris, e nós a despejamos em três copos grandes com faces iguais. Eles beberam, se entreolharam, o ar desconfiado. O costume russo proíbe criticar o que é oferecido. "É... bom", concluiu o grande Liev. "É, nada mau", confirmou o pequeno Liev. "Parece aquele vinho que dão na igreja. As mulheres devem adorar. Vália, aceita um copinho?"

Vália, a cozinheira, abanou a cabeça recusando. Com os braços brancos de farinha até os cotovelos, ela misturava a massa sobre uma grande mesa do outro lado do recinto. Uma mulher enorme: o peito pesado e redondo estufava o pulôver grosso, as nádegas largas, sobre um tamborete, recobriam por completo o assento. Os olhos puxados, como os dos iacutos, mas a pele muito branca, uma potência carnal que lembrava as mulheres da Ucrânia. Que homem poderia abordar um gigante desse?, pensei com um pavor cheio de admiração.

Escuto agora a história já iniciada pelo pequeno Liev.

"Aí ele desembarca vindo de Moscou, em plena taiga, não conhece nada, mas fica um pouco como você, cheio de dedos. E os velhos siberianos vão logo dizendo: 'Se quer ser um dos nossos, tem de fazer três coisas: primeiro, entornar uma garrafa de vodca; segundo, trepar com uma mulher iacuta; e terceiro, entrar na taiga e apertar a mão de um urso'. Então nosso camarada se anima, pega a garrafa e entorna de um gole! Corre para dentro da taiga. Uma hora depois, volta todo arranhado e grita a plenos pulmões: 'Bom, me apresentem uma mulher iacuta, que eu vou apertar sua pata!'. Rá, rá, rá..."

Eles riem de perder o fôlego, eu também, contagiado, ainda mais diante da graça da pantomima que o pequeno Liev começa a encenar: um jovem neófito entorna meio litro de álcool e corre para dentro da taiga, onde violenta um urso. Vália se aproxima nesse momento trazendo uma travessa com batatas fumegantes. O pequeno Liev, em plena agitação teatral, lança-se em sua direção, agarra-a por trás, com as mãos enlaçando as ancas da mulher, o queixo espetando suas costas largas. Uma ursa atacada pelo ingênuo moscovita. Ela se vira, o sorriso nos lábios, os olhos porém lançando chispas: como ousa esse nanico? Sua mão desce sobre a cabeça de Liev exatamente como faria a pata de uma ursa, com uma potência bonachona. O homem, o rosto empoeirado de farinha, é jogado contra a parede.

De noite, o assobio da nevasca torna-se o fundo único para todos os outros ruídos: o ronco dos Liev, os estalidos da madeira na estufa e, de tempos em tempos, o ruído de uma folha virada. No recinto ao lado, Vália lê o grosso livro que vi, ao chegar, pousado no peitoril de uma janela. Um desses romances dos anos sessenta em que o amor era vivido à sombra de imensas centrais elétricas em construção, da taiga conquistada, façanhas enaltecidas pela mãe-pátria. Uma ficção não muito distante, de fato, da vida dessa mulher ou de seus sonhos, quem sabe? Não percebo o momento em que ela apaga a luz.

Perto do meio da noite, o açoite das rajadas encobre tudo o que os ouvidos ainda poderiam escutar. Imagino o ponto minúsculo da minha presença neste lugar do globo. Que referência encontrar? A costa gelada do oceano Ártico? O estreito de Bering? O pico da Vitória, com três mil metros de altura, a oeste da casa?

Penso que, no fim, nada localiza melhor esta região para mim que a recordação da vida de Jacques Dorme.

A história de Jacques Dorme me acompanhou durante toda a viagem. Ela atenuava com sua intensidade a cidade que eu atravessava, a estação, me isolava no meio das multidões. De Paris eu ia a Varsóvia, chegava sem dificuldade à Ucrânia (que acabava de proclamar sua independência), permanecia bloqueado por muitas horas na novíssima fronteira com a Rússia. As palavras "fronteira", "visto", pronunciadas diante de um pequeno acampamento enegrecido de neve molhada, pareciam sair de um conto satírico de Tchekhov. Assim como o uniforme dos guardas de fronteira, de corte estranhamente efeminado, e as águias sobre sua *chapka*,* de um dourado ordinário lembrando árvores de Natal. E mais ainda os papéis que eu lhes apresentava. Aquele passaporte de apátrida que me autorizava a entrar "em qualquer país, exceto na União Soviética". A União Soviética já não existia, e essa proibição adquiria um sentido perturbador, quase metafísico. Mal plastificado por um velho argelino de Barbès, o documento tinha sofrido com a umidade, e sua cartolina fina envergada, com carimbos borrados, só podia incitar a desconfiança. Foi a compaixão pela minha ingenuidade que fez um

* Chapéu tradicional feito de pele que pode ser usado para proteger do frio as orelhas. [N. E.]

caminhoneiro acabar me indicando o equivalente em álcool exigido para a passagem. Eu levava duas garrafas de conhaque. Segundo ele, uma apenas devia bastar. Uma garrafa achatada que o chefe do posto escorregou para o bolso do capote antes de soprar um pequeno carimbo índigo.

Era meu primeiro retorno à Rússia, e eu voltava clandestino. A estranheza de minha vinda se desfez, aliás, rapidamente, diante da bizarrice ora cômica, ora penosa do novo estado das coisas. Esse monumento, numa cidade ucraniana, dois personagens apertando as mãos, e a legenda em letras douradas: "Viva a união da Ucrânia e da...". A sequência ("... Rússia") tinha sido arrancada. Meu "visto" comprado com uma garrafa de conhaque. Depois, uma noite, em Moscou, um amontoado de homens atrás do prédio feio de um restaurante. Arrastavam-se na neve barrenta do início de março, sorriam, piscavam uns para os outros, mas os sorrisos eram crispados, os olhares fixos nas duas grandes janelas abertas do térreo. No interior, no halo fluorescente, via-se uma parede branca ladrilhada, dois espelhos, um secador de mão que zumbia no vazio. Uma mulher apareceu e, sem se incomodar com a presença de espectadores, expôs a alva nudez de seu corpo. Chegou a girar sobre os saltos altos, exibindo os seios fartos, os mamilos castanhos, o triângulo protuberante do ventre. Outra colocou o pé sobre o rebordo da parede e começou a puxar o cordão da bota. Sob a minissaia, sua perna se expôs até o quadril, a coxa grossa espremida num *collant* vermelho... Esse desfile improvisado por prostitutas no banheiro do restaurante atestava uma liberalização inegável. Menos hipocrisia, mais imaginação. Um progresso..., pensei, retomando a caminhada.

Eu repetiria isso dois dias depois, numa grande cidade às margens do Volga. Para matar o tempo antes de pegar o trem, deixei-me arrastar pela multidão e me vi nesse parque. No meio dos quiosques pintados com cores berrantes, desenrolavam-se festejos barulhentos, uma "festa da cidade" qualquer, ou simplesmente um belo domingo, o sol abundante reverberado pela neve que caíra na véspera. Eu caminhava, tropeçando nos montículos de gelo, embriagado pelo frescor ácido da neve, pela fusão com os risos, os olhares, as palavras que já não precisava interpretar. Esse reencontro parecia um sonho em que a compreensão é imediata e o contato físico, de coração a coração, maravilhosamente evidente. Embriagado pelo sol e pela alegria dos outros, me ocorreu inclusive este pensamento exaltado e benignamente patriótico: "Eles têm três rublos no bolso, se tanto, mas riem e festejam como antes. Um país em perdição, mas quanta aptidão para a felicidade! No Ocidente, teríamos...". Idiotizado pela alegria, eu ia continuar minha análise comparativa entre a alma eslava e o Ocidente sem alma quando, de repente, a felicidade encontrou sua expressão perfeita, condensada no rosto daquela criança. Uma menina de nove ou dez anos, uma beleza quase sobrenatural que andava segura pela mão de uma mulher, a avó, com certeza. Pararam a alguns passos de mim, a criança me olhou curiosa. Sorri para ela. E de repente percebi que aquele rostinho incrivelmente belo estava maquiado. Com muita discrição, mas por mão experiente, adulta. Não maquiado para a festa popular, mas transformado num excitante rostinho bonito de mulher-boneca. Notei também que a noite começava a cair, que os quiosques acabavam de fechar. Ressoavam ainda em minha cabeça os risos e o sol... As primeiras lâmpadas de rua tremeluziam com uma luminosidade lilás. A mulher se virou e me encarou com um olhar de quem avalia. Depois, acariciando o queixo da criança, murmurou: "A festa acabou, você não vai ganhar suas balas...". A criança me olhava fixo. Contive, no último momento, a frase já em meus lábios: Você tem uma neta muito bonita... Pensei ter adivinhado o jogo. A mulher puxou a mão da criança, e fiquei vendo as duas se dirigirem ao grande hangar pré-fabricado, a cervejaria. Às minhas costas, piava num suspiro descontente a discussão de duas vendedoras: "A velha voltou com a pequena, você viu? Também, o que você queria?, é a criança que a alimenta... Esses patifes que fazem isso, eu os enforcaria...".

Eu via no fim da alameda as duas silhuetas, a grande e a pequena, que se recortavam contra a luz da cervejaria. Seria preciso alcançá-las. Dar o dinheiro que tinha. Prevenir a polícia. Levar a criança... Mas seria de fato o que achei que entendera? Ao longo da alameda, as portas basculantes fechadas dos quiosques filtravam os raios de luz do interior. Adivinhava-se a presença silenciosa dos proprietários. A escuridão do parque, aqueles minúsculos pavilhões, cada um com seu segredo, a criança maquiada que havia pouco me sorria... Preferi acreditar num engano.

Os únicos lugares onde tive a impressão de um verdadeiro retorno foram as galerias do metrô e as passagens subterrâneas transformadas em bazar de miséria. Os velhos colocavam à venda objetos que gritavam terem sido arrancados de um apartamento, de um quarto onde sua ausência criara um vazio impossível de preencher. Não era a alegre miscelânea de uma feira de antiguidades, mas os vestígios de existências destruídas pelos novos tempos. Eu reconhecia a louça usada de uma xícara, a forma dos saltos de um par de sapatos, a marca de um rádio transistor... Destroços que tinham a idade da minha infância. Toda uma época resumida nas velhas mãos azuladas pelo frio.

Mais que todas as outras mudanças, mais até que a ostentação obscena da nova riqueza, foi esse passado humano desfeito que me chocou. A rapidez febril com que o faziam desaparecer. Esse passado e também a beleza da criança maquiada. Minha ignorância do que se devia fazer, nesta nova era, para proteger essa criança.

A Sibéria me fez esquecer esses reencontros frustrados. Nada tinha mudado aqui. Algumas repúblicas recentes, surgidas da queda do Império, tinham apenas colorido os mapas geográficos. A terra continuava a mesma: infinita, branca, indiferente às raras aparições humanas. No torpor invernal, ficava-se à espreita, não dos últimos sobressaltos da atualidade, mas do curso avermelhado do sol, que em alguns dias roçaria o horizonte depois de uma longa noite polar.

Escutando os geólogos na isbá da Beira, eu pensava que eles vinham da mesma época que aqueles objetos vendidos pelos velhos nas galerias do metrô. Viviam como se os oito mil quilômetros de neve que os separavam de Moscou tivessem retardado o curso do tempo. Os anos sessenta? Setenta? Tudo em sua maneira de viver, de falar, tinha vinte ou trinta anos de atraso. Aquela história engraçada do novato recém-chegado que violenta uma ursa... Eu a tinha ouvido mais de uma vez na juventude. Um tempo deslocado de vinte anos. Não, antes um tempo fora do tempo, uma sequência de dias cadenciada pelo zumbido das rajadas contra o vidro, pelo hálito do fogo, pela respiração dessas três pessoas adormecidas, tão diferentes e tão próximas, esses dois homens com o rosto queimado pelo Ártico, essa mulher grande de olhos puxados que dorme no quarto ao lado. (Quais são os seus sonhos? Sonhos todos de neve? Ou, ao contrário, cheios do sol do sul?) O tempo noturno cadenciado pelo pulsar do sangue no braço dobrado sob a cabeça, pulsação quente perdida no meio do infinito branco, nas profundezas do negrume cósmico irisado pela fosforescência boreal.

A manhã não chegou. Fui acordado por uma tempestade que arremessava braçadas de flocos contra os vidros e enchia a casa de uma vibração surda. Precisei de alguns segundos para compreender que era o helicóptero que acabava de pousar bem ao lado da Beira. Por trás da porta da cantina, vi a luz e ouvi o retinir dos pratos e copos de alumínio. Os geólogos se levantaram com precipitação e até, me pareceu, uma espécie de pânico. O grande Liev esfregava o rosto vigorosamente embaixo da torneira. O pequeno Liev fechou às pressas a navalha...

A porta cedeu com um rangido estridente de gelo quebrado, e acreditei adivinhar a razão da sua perturbação. Para entrar na casa, o homem precisou se abaixar e, quando parou no meio do recinto, seu rosto estava na altura da lâmpada que brilhava abaixo do teto. Ele trajava um casaco preto de pele de carneiro revirada, botas de pele de rena. Do alto de sua estatura, examinou o lugar, notou a desordem deixada pela bebedeira da véspera, mas não disse nada, esperando que os dois Liev fossem até ele. Foi o que fizeram, lançando saudações falsamente descontraídas, mas com olhos esquivos: "Salve, chefe! Cinco minutos e estaremos prontos, comandante!". O grande Liev quase parecia pequeno. O pequeno precisou erguer o braço para apertar a mão do piloto. O homem os encarou em silêncio e então pegou a garrafa de conhaque vazia. "Vejo que vocês estão prontos desde ontem", disse em voz baixa, parecendo a embreagem de um quatro por quatro militar exposta ao frio intenso. "Já vou avisando, se ouvir a menor besteira durante o voo, jogo vocês lá de cima com seus petardos..."

A porta da cozinha se abriu, Vália entrou carregando uma grande chaleira que exalava um filete de vapor. Lembrei do meu espanto: Que homem conseguiria fazer amor com ela? Seu corpo pareceu recobrar proporções normais; a presença do piloto a tornava feminina, sedutora até. "Quer comer alguma coisa?", ela perguntou. Ele sorriu, o ar meio enfarruscado: "Não, não dá tempo, anunciaram vento no fim do dia... Dê só um pouco de salmoura para esses dois paus-d'água, senão eles vão acabar sujando o aparelho e metade do Ártico...". Sacudiu a garrafa de conhaque e resmungou, sempre sorrindo: "E essa, então eles se embebedam com aguardente importada! Aristocratas...".

O pequeno Liev interveio, buscando a conciliação, uma das mãos apontando para mim: "Sabe, chefe, essa garrafa, foi o nosso camarada de Moscou que trouxe. É conhaque, mas não é nada forte! Aliás, se ele pudesse vir conosco esta manhã, ele é jornalista...". A última frase foi dita com a voz sumindo e se perdeu num sussurro final.

O piloto virou-se para mim, envolvendo-me com um olhar duro, mas não hostil. "O camarada moscovita...", murmurou. "Você faz eles beberem, e depois eles estouram o próprio cu em vez de explodir a montanha..." Ele se curvou para entrar na cozinha e acrescentou, já por cima do ombro, encerrando o assunto: "Sobre ir junto, sinto muito, não faço visitas guiadas".

O grande Liev foi atrás, evitando meu olhar. O pequeno fez uma cara contrita, os braços abertos num gesto de impotência.

Saí. O dia acabava de nascer: uma linha acinzentada permitia distinguir as montanhas e, a meus pés, uma pequena árvore estendia para o céu os galhos finos retorcidos lembrando arame farpado. Na penumbra, o helicóptero provocava um lento esvoaçar de flocos. Eu estava a uma hora de voo do fim do meu périplo. Desde Paris, percorrera mais de onze mil quilômetros. O lugar onde jazia o avião de Jacques Dorme era ali, em alguma parte no meio daquela cordilheira gelada. Senti o frio (menos trinta e cinco? menos quarenta? como na véspera...) me cortar o rosto, fragmentar a visão com lágrimas. Compreendi de repente que ver aquele lugar era essencial, que a curiosidade de escritor nada tinha a ver com isso, que a vida me levara misteriosamente a esse lugar, e que eu teria vivido de outro modo sem tê-lo visto.

A porta rangeu. Os dois Liev saíram carregados de caixas e foram para o helicóptero. Ouvi a voz de Vália. O piloto parou no umbral. Eu o abordei sem jeito, barrando-lhe o caminho: "Escute, talvez eu possa...". Vi a expressão em seus olhos, não terminei a frase ("... lhe pagar?"). Ele me deu um tapinha no ombro e aconselhou num tom até amistoso: "Se eu fosse você, ia depressa para a aldeia, não vai ter outro trator até a noite...".

Foi então que, quase sem voz e, aceitando o fracasso e sem pedir mais nada, falei de Jacques Dorme. Consegui contar sua vida em algumas frases breves, despojadas. Meu estado era de tamanho abatimento que mal ouvi o que dizia. E foi só nesse estado que consegui exprimir toda a dolorosa verdade daquela vida. Um aviador vindo de um país longínquo encontra uma mulher do mesmo país, e durante pouquíssimos dias, numa cidade da qual em breve só restarão ruínas, eles se amam; depois ele parte para os confins da Terra para conduzir aviões com destino ao front, e morre, espatifando-se numa encosta de gelo sob o céu lívido do círculo polar.

Contei diferente. Não melhor, mas de maneira ainda mais sucinta, mais próxima da essência daquele amor.

O piloto soltou a maçaneta da porta e murmurou, num esforço de memória: "É, agora me dei conta... Era aquela ponte aérea entre o Alasca e a Sibéria. A Alsib... Esquadrilhas de verdadeiros ases. Quase esquecidas hoje. Esse avião, não é aquele que se vê no Tridente?". Concordei. O Tridente, uma montanha com três picos...

"Chefe, é a última, podemos ir!" O pequeno Liev descia a escada externa, uma caixa equilibrada no ombro.

O piloto tossiu com discrição. "E essa mulher, ela era... quem, para você? Você a conheceu?" Eu falava muito baixo, como se não houvesse ninguém para me ouvir naquele deserto branco: "Ela era para mim uma espécie de... É, como uma mãe...".

"Comandante, tudo OK!" A voz do grande Liev foi cortada por uma batida de porta.

"Está com seus papéis?", perguntou o piloto, esfregando o nariz. Pensei no meu passaporte redigido numa língua que ele não saberia ler, na menção "em qualquer país exceto na União Soviética".

"Não, é que eu sou... Não, nenhum papel..." Ele balançou a cabeça, abriu os braços, como para dizer: "Neste caso, não há nada que eu possa fazer por você", e então indicou abruptamente o helicóptero com um gesto de queixo e suspirou, sorrindo: "Bom, vai, sobe!".

Na decolagem, o aparelho se inclinou, e, num átimo, vi a casa da Beira, a luz na janela da cozinha. Pareceu-me que o piloto também olhava para aquela janela.

Dois anos e meio depois dessa viagem clandestina, o manuscrito estava pronto. Um relato muito romanceado, porque na época eu acreditava que só a ficção poderia tornar legível a inverossimilhança do real.

Foi recusado por vários editores, e acabou entrando naquela existência fantasmagórica mas exaltada que conhecem todos os textos metodicamente rejeitados: uma vida de natimorto ou de espectro, de limbo atravessado por renascimentos de esperança, noites de releitura febril, aversão pelo escrito. A impressão de pregar num deserto muito populoso. Um impasse cujo fim se afasta à medida que se avança. Um beco sem saída infinito.

Eu estava a meio caminho desse percurso quando o recuo do impasse pareceu estacar. Estava no escritório de uma diretora, numa grande editora parisiense, ouvindo elogios tão enfáticos que receei uma armadilha. Tudo era suspeito, aliás, nesse encontro. Esperava encontrar um erudito de revoltos cabelos brancos, tosse pastosa, roupas manchadas de tabaco, o corpo meio afogado em manuscritos, um verdadeiro rato da edição. Mas era uma mulher instalada atrás de uma mesa, com a graça de uma lagarta, onde imperava apenas o meu texto. Pequena, morena, olhos muito profundos e brilhantes, estava sentada numa cadeira alta, à antiga, tão dura que ela precisava usar uma almofada. Tinha esse charme irritante que tem, para um homem, uma mulher que não faz o seu tipo mas imagina com precisão o que pode deixar loucamente apaixonado outro homem, o homem que ele não é. Eu pensaria isso mais tarde. Naquele momento, via apenas o movimento dos seus lábios que formulavam, sem nenhuma precaução editorial, um parecer apaixonadamente favorável. Acreditei, sem dúvida, no milagre do pregador enfim ouvido no meio do deserto, e essa foi a minha perdição.

Cortei-lhe a palavra (ela dizia: "O que é particularmente muito bonito são esse casal, essa criança e essa velha francesa que fala da sua pátria e que ensina sua língua..."), e me pus a revelar a trama real oculta por trás do romanesco. Fragmentos de vida que só a intriga sabia ligar, fragmentos de amor que só a imaginação conseguia transformar numa história amorosa, uma multidão de homens e mulheres que fora preciso relegar ao esquecimento...

"Aliás, essa velha francesa e seu neto, na realidade eles não eram..." Eu levava adiante o que estava se tornando, contra a minha vontade, uma obra de destruição. Devia ter percebido o ligeiro esgar de desprezo que perpassou o rosto da mulher. "Entretanto, todos os personagens são bem reais!", terminei, como para dar uma prova de origem controlada.

Não sei se ela tinha consciência de que foram seus elogios que me fizeram enveredar por essa efusão absurda. Sua decepção foi a de um numismata que se extasia diante de moedas antigas trazidas por um operário de terraplenagem e acaba mencionando a época e o lugar da cunhagem, e vê, de repente, o operário pegar um valioso ducado e carimbá-lo com uma mordidela para demonstrar que é mesmo de ouro.

Sua voz não mudou. "É, é mesmo... Mas devo dizer que há, sobretudo na última parte, no trecho em que você fala do piloto, muitas coisas brutas, pouco trabalhadas pelo imaginário. E, além disso, o personagem do general, esse encontro..."

"Mas é tudo verdade..."

"Justamente, é isso que não está bom. Verdade demais para um romance."

Parti ciente de um ultimato polido mas firme intimando-me a reescrever a parte em questão.

O espírito da escada me visitou, não na escada, mas na curva da calçada seguindo para a Rue du Bac. No meio de uma multidão de argumentos tardios, ocorreu-me o debate sobre verdade e ficção desencadeado por *Guerra e paz*. Uma crítica assassina, historiadores encontrando no livro mais de mil erros, e aquele veredicto num jornal: "Se esse autor tinha tão pouco talento, era preciso execrá-lo". Mas principalmente o parecer do velho acadêmico Narov, que não conseguia perdoar a Tolstói a imagem degradante do grande chefe do exército, Kutúzov. Porque, na véspera da batalha decisiva contra Bonaparte, vê-se o salvador da Rússia se refestelar numa poltrona, postura mais para relaxada e bem pouco militar, e, suprema injúria, mergulhado num romance francês! *Os cavaleiros do cisne*, de Mme. de Genlis... "Que imaginação perversa pôde criar uma cena tão falsa?", vociferava o acadêmico. "Kutúzov nessas horas trágicas certamente estaria esquadrinhando os mapas do estado-maior, em último caso lendo Júlio César." Difícil contradizer Narov, que participou da batalha e até perdeu um braço nela. E no entanto... Depois de sua morte seria encontrada em sua biblioteca grande quantidade de romances franceses, entre eles *Os cavaleiros do cisne*, com esta menção manuscrita na página de rosto: "Lido no hospital onde, prisioneiro dos franceses, eu me curava de meus ferimentos".

Lamentei, por alguns segundos, não ter contado a anedota à diretora editorial. Mas essa história demonstraria realmente alguma coisa? Os mapas do estado-maior ou Mme. de Genlis? Talvez simplesmente a melancolia de um velho a quem resta um ano de vida, um homem que viu tantas guerras, tantos triunfos e tantas derrotas, e que, "nessas horas trágicas", deixa seu olhar errar na serenidade de um belo dia do começo de setembro. Essa calma desaparecerá amanhã, ele sabe, sob a terra revolvida pelas explosões, sob o arrastar de centenas de milhares de homens compelidos a degolar uns aos outros, sob as vagas de sangue que perderão cinquenta ou cem mil vítimas previsíveis. E algum tempo depois reinará a mesma calma, brilhará o mesmo sol e voarão os mesmos filhos da Virgem.

Descendo a Rue du Bac, eu pensava que, para sair da equação infantil entre o real e o imaginário, era preciso, provavelmente, notar justo esses instantes bem simples da presença humana. O olhar do velho Kutuzov diante de uma janela aberta para o céu de setembro... Nada mais.

Eu sabia de antemão que seria impossível retocar o destino de Jacques Dorme. Torná-lo mais "literário"? Para quê? Impossível também se aferrar ao personagem do general, para quem, segundo o piloto, "o céu ia decidir a partida mais do que o resto". Essas palavras me foram trazidas tais e quais, em seu isolamento de fato vivido. Esse general francês não era mais que uma vaga silhueta evocada numa conversa mais ou menos fortuita, numa noite resgatada do esquecimento por um colar de âmbar rompido. Por que seria preciso contar de outra maneira?

Sacrifiquei, pois, os dois homens, tornei a concluir o relato sempre pensando, sem remorso, naqueles retratos de grupos da era stalinista em que o rosto dos dirigentes fuzilados desaparecia sob os pincéis dos especialistas.

Esforço em vão, porque mesmo assim o texto foi recusado, depois aceito, aliás, publicado, fez muito sucesso, me expôs a uma glória passageira e a um ódio curiosamente bem mais tenaz ("Acham mesmo que esses metecos vão nos ensinar a escrever em francês?", perguntava um crítico parisiense), e enfim me abandonou a um novo anonimato, infinitamente mais agradável que o precedente, sem ilusões.

Houve, contudo, perto do fim desse turbilhão, um encontro indiretamente ligado às duas pessoas sacrificadas. Aquela noite de maio em Canberra, no outono australiano, um debate com meus leitores (seu irresistível desejo de saber o que é "verdadeiro" e o que é fictício no livro), depois a conversa com aquele homem de seus trinta anos, o adido cultural que, durante o jantar, teve o tato de não tomar o bastão dos leitores como faz, de hábito, o pessoal das embaixadas. Ele me deixa respirar, fala igualmente muito pouco de si, e é só depois do jantar, quando nos reencontramos sob o céu tão surpreendentemente constelado, que ele conta, com muita simplicidade, sobre o dia da morte do general (ele é seu sobrinho-bisneto, leva seu nome, mas não consegue imaginar o que esse nome significa em minha vida). Aliás, não viu grande coisa naquele dia, era muito novo. Um blindado de infantaria sem a torre que transportava o ataúde até a igrejinha, uma cerimônia sóbria... Na escola, a professora lhes pediria que escrevessem o que pensavam do finado.

Ele fala sem nenhuma intenção de atiçar minha imaginação, reconhece que sua memória de criança guardou meros detalhes, em geral de pouca importância. Sinto que meu relato poderia se somar ao dele, mas que para isso seria preciso voltar ao adolescente que escutava a história do colar quebrado e do piloto sobrevoando o infinito das geleiras, o adolescente que viu esse general francês no meio das estepes além do Volga. Em certo momento, posso quase garantir, ele também parece adivinhar esse passado em mim... Depois, constatamos a beleza do Cruzeiro do Sul, particularmente soberba naquela noite de outono, e nos separamos.

2

Dessa adolescência, resta um princípio de manhã diante da porta entreaberta da enfermaria. Estou ali, a mão pronta para bater na porta, já vejo a mulher sentada lá dentro quando, de repente, este gesto: a mulher aperta o seio esquerdo e o massageia como quem está enjoado ou simplesmente querendo ajeitar um sutiã muito apertado para o seio grande. Bato na porta, entro. Ela me examina e trata de lavar o arranhão feio que risca minha coxa. É uma mulher nova de cabelos ligeiramente ruivos e gestos lentos. Permaneço de pé, eu a domino, é muito estranho ver uma mulher adulta assim, cabisbaixa, olhos que parecem resignados. Quando ela levanta o olhar, há entre nós uma confissão de cumplicidade. Saio do consultório sem conseguir distinguir a mãe e a mulher naquela que cuidou de mim. Ambas são profundamente desconhecidas e desejadas.

Eu me feri tentando segurar a caçamba de lixo do orfanato numa encosta encharcada. Toda manhã, um inspetor aparece na entrada do dormitório e, uma lista de nomes na mão, anuncia a chateação. Dois nomes e um surdo murmúrio de pragas como resposta.

Dessa vez, meu companheiro era um adolescente desprezado por todos, não por sua fraqueza – o que teria sido lógico no mundo fechado do orfanato, onde só a força contava –, mas por seu lado rústico. Apelidaram-no, aliás, de "Caipira", tão rústica era sua aparência com as botinas sempre enlameadas, e a maneira como coçava a cabeça raspada... Sem dizer uma palavra, segurei uma das alças da lixeira e saímos empurrando aquela grande caçamba de aço por um caminho de terra no escuro chuvoso de uma manhã de outono. De repente, aquela voz na retaguarda: "Esperem, peguem isto também!". Na soleira da entrada de serviço estava a bibliotecária com duas grandes caixas de papelão diante de seus pés. "Deixem na sala da caldeira..." Caipira foi buscá-las, colocou-as sobre a tampa da lixeira e fingiu que retomava o caminho. Mas, assim que a porta bateu, ele parou, piscou pra mim e pegou uma das caixas. "Aí dentro deve ter uns troços de comer", justificou. Eu o achava frouxo, sem imaginação... Com uma moeda grande de cinco copeques afiada como uma lâmina (os inspetores perseguiam implacavelmente quem escondesse facas), cortou os cordões, fez estalar as bordas do papelão... "Puta merda! Só livro velho... Espera, e a outra?" A mesma coisa. Brochuras exibindo todas, na capa, a foto que não tivemos a menor dificuldade de reconhecer. A cara redonda e chata, a cabeça calva: Kruschev, derrubado um ano antes. Seus retratos tinham sumido, depois, das fachadas da cidade, e agora, como um eco retardatário dos acontecimentos de Moscou, este "Discurso ao Congresso" que retiravam das bibliotecas de província.

O encarregado da calefação, sentado diante da boca incandescente de uma estufa, recebeu, impassível, as caixas. Abriu a primeira, deu uma risadinha triste e começou a jogar as brochuras, uma a uma, no fogo. "Ah, Nikita, eles foram mais espertos que você, hein?", comentou, observando o auto de fé. "E agora, os que não foram reabilitados sempre podem correr..." Depois, lembrando-se de nós: "Vão, depressa, garotada, já tocaram o sinal...".

No caminho de volta, Caipira me pediu que esperasse e se enfiou no mato que cobria a beira do caminho. Dei uns passos para me afastar do fedor da lixeira. No alto, de um lado, alinhavam-se as janelas do orfanato: escuras nos dormitórios, iluminadas nas salas de aula. Distinguiam-se inclusive as silhuetas dos professores diante do quadro. A única vantagem da tarefa do lixo eram esses minutos de atraso tolerados.

"Os que não foram reabilitados..." O mito mais compartilhado, o mais ciosamente acalentado pelos alunos, era com precisão este: o pai herói, injustamente condenado, é enfim reabilitado, volta, entra na classe, interrompe a aula e provoca um êxtase mudo no professor e nos colegas. Um belo oficial com a japona blindada de medalhas. Havia variantes com pais exploradores polares, pais mortos em combate, capitães de submarinos. Mas a volta do reabilitado primava sobre as outras lendas porque correspondia melhor à verdade. O estabelecimento tinha a especificidade de abrigar os filhos dos homens e mulheres que se celebrizaram durante a última guerra mas depois se tornaram indignos de seus feitos. Era essa, em todo caso, a versão que nos contavam, ora com muito tato, é preciso reconhecer, ora com a rabugice de um inspetor furioso: "Tal pai, tal filho...".

"Eles dão duro, esses canários!" Caipira acabava de surgir da escuridão e apontava com o dedo as janelas onde se avistavam as cabeças dos alunos. "Canários numa gaiola", acrescentou com ligeiro desdém. Retomamos a marcha. Eu não conseguia compreender então tudo o que as palavras do encarregado de calefação escondiam (tínhamos onze, doze anos, Caipira devia ter catorze, porque repetira ao menos duas vezes), mas peguei o essencial: uma nova época começava, tornando nossos sonhos mais irreais que nunca. O belo oficial reabilitado permaneceria para sempre atrás da porta da sala de aula, sem se decidir a abrir.

Essas reflexões me distraíram, e, quando tomávamos impulso para levantar a caçamba de lixo numa ladeira, escorreguei e caí no chão com a coxa arranhada pelo aço enferrujado. "Sortudo! Livrou a cara pro resto do dia", constatou Caipira apalpando o ferimento. "Vá correndo ver a enfermeira!"

Houve, pois, esse dia de repouso. Mas, principalmente, a lembrança obsessiva da mulher erguendo o seio esquerdo e minha presença a alguns centímetros dela, na intimidade de um segredo roubado.

O amor deixa vulnerável. Os que, dois dias depois, me atacaram, com certeza tinham sentido em mim a fraqueza de um apaixonado. Todas as relações no orfanato eram reguladas por linhas de força tensionadas ao máximo. Era preciso ocupar seu lugar na hierarquia dos fortes e dos menos fortes a qualquer preço. Exatamente como numa prisão ou no meio da ralé. Eu não fazia parte nem dos poucos chefes de bando, nem dos mais fracos. Aliás, não se agredia sem mais nem menos, porque até o mais raquítico podia estar segurando, talvez, entre os dedos, uma grossa moeda de cinco copeques afiada como lâmina de barbear.

Durante um recreio (eu contemplava as árvores nuas de trás de uma vidraça e pensava que a enfermeira também devia vê-las da sua janela), uma trombada me jogou contra a parede e formou ao meu redor um vazio na multidão de alunos que se afastava. Um chefete cercado por sua guarda. O rosto, como acontece frequentemente com quem é do sul, já tinha uma textura de homem e conhecia todos os trejeitos da virilidade, todo o gestual de um jovem macho que se sabe bonito. Algumas ofensas, para começar a briga, seguidas de gargalhadas do bando. Por fim, misturada às cuspidelas das migalhas de fumo coladas no lábio, esta frase em que a superioridade dele encontrava sua última palavra, desdenhosa e quase lânguida:

"Mas todo mundo sabe que os metralhadores abateram seu pai como um cão...".

Todos os códigos acabavam de ser espezinhados. Ali se ofendia e se brigava com frequência, mas não se tocava jamais na lenda dos pais heróis. Eu me atirei sobre ele, que já virava as costas deixando aos seguranças o encargo de resolver o meu caso. Outros se uniram a eles, excitados pela força coletiva, felizes de galgar um degrau na ordem das castas subitamente bagunçada.

O aparecimento de um professor no fim do corredor me salvou. Ergueram-me, mandaram-me arrumar a camisa que perdera vários botões, enxugar o nariz que sangrava. Agressores e agredidos eram punidos sem distinção entre nós.

No banheiro, com o rosto sob o jorro gelado da torneira, recuperei aos poucos a calma. Esperando o sangue parar de correr, tive até mesmo tempo para refletir sobre esse ataque que punha em risco todas as nossas lendas. "Seu pai abatido como um cão..." Claro, esse minúsculo maioral que ostentava a própria virilidade não sabia nada sobre isso. Ou melhor, sabia que essa versão valia para os pais de todos nós: heróis decaídos que tinham afundado na bebida, no crime, ou pior, na contestação, e que terminavam seus dias num campo ou sob as balas de um guarda empoleirado na sentinela. Ele o dissera em voz alta, mas um instante depois todos nós estávamos convencidos de que o mito heroico se rompera. E mesmo sem ter ouvido o velho encarregado da calefação que queimava Kruschev, os alunos adivinhavam que o tempo em que ainda se podia esperar chegara ao fim. Estávamos na metade dos anos sessenta (mais precisamente novembro de 1965). Pouco informados, ignorávamos a palavra "degelo", e contudo éramos, literalmente, os filhos do Degelo. E era graças a esse homem calvo e pançudo cujos livros eram queimados que vivíamos no relativo conforto de um orfanato e não atrás dos arames farpados de uma colônia de reeducação.

Eu compreendia tudo isso de um modo muito confuso, na época. Um pressentimento, uma angústia vaga partilhada com os outros. E também uma espécie de alívio: não era meu ar apaixonado que provocava a agressividade dos outros. O nosso mundinho começava simplesmente a desmoronar, e um dos primeiros estilhaços acabava de me atingir o rosto.

Um romance poderia criar muitas nuances para esse dia, a dor desse dia, inventar dias que o precederam e sucederam. Dele, minha lembrança guardou apenas a silhueta de um adolescente de pé contra a parede, o nariz levantado e pinçado entre o polegar e o indicador. As janelinhas sujas dos banheiros davam para uma fileira de árvores desfolhadas, a alça de um rio, um caminho lamacento. O adolescente sorri. Ele acaba de pensar que se não tivesse sofrido apenas um mero sangramento, teria podido se apresentar na enfermaria, entrar, pedir para ser medicado... Como na cena mil vezes sonhada. Mas seu nariz está horrivelmente inchado (exibi-lo para a mulher de blusa branca? jamais!). Outra vez, quem sabe. De repente, o sangue, a dor parecem-lhe maravilhosamente ligados à promessa de amor. Ele afrouxa a pinça dos dedos, enxuga o rosto, segura a orelha. Atrás da porta, o silêncio de um longo corredor vazio. Embaixo, reunidos por classes, aqueles jovens que ainda podem viver suas mentiras heroicas. Ele acaba de perder o direito de sonhar. A verdade tem o gosto do sangue que ele cospe na pia, e a beleza pungente dos primeiros flocos que avista, de repente, além da vidraça. A perfeição branca e estelar engolida pela lama pegajosa dos sulcos.

Na frágil verdade da lembrança, há também esta noite de outono, este quarto iluminado por um velho abajur de mesa azul-esverdeado, esta mulher de cabelos prateados que reprega os botões da minha camisa, nossas duas xícaras de chá, um livro de capa dura com os cantos de couro gastos em que acabo de ler uma frase da qual ainda me lembraria (não sabia naquele momento) trinta anos depois: "Assim morreu pelas três flores de lis, às margens do Meuse, e quase tão pobre como quando chegara a Paris, muito jovem, um dos mais puros e belos soldados da velha França...".

A mulher se levanta, serve chá quente, põe um toco de lenha na pequena salamandra de ferro no canto do cômodo. Releio a frase que quase já sei de cor. Pensar nesse guerreiro de outrora torna menos dolorosa a zombaria que me queima incessantemente por sua acidez: "Seu pai abatido como um cão...".

Tudo seria diferente numa história imaginada. Marcado por um inútil exotismo: aquela casa de paredes repletas de sarrafos pretos, de aspecto lúgubre quando a noite caía, um cômodo perdido no amontoado de quartos e, na escuridão das escadas, uma mulher de origem misteriosa, aquele velho livro francês...

Eu, porém, não via nada de insólito nessa noite de novembro. Viera como todos os sábados à noite, deixando o orfanato para passar vinte e quatro horas com Alexandra: sorte daqueles que tinham alguma tia improvável disposta a acolhê-los. Para mim era essa mulher que outrora conhecera meus pais. Uma estrangeira? Com certeza, mas suas origens havia muito tinham se esbatido na duração e na dureza da vida russa, sob as ruínas da guerra da qual os sobreviventes saíam separados de seu passado, de seus próximos, deles mesmos tais como tinham sido antes. E ademais, vivia também nessa grande casa de madeira uma família de alemães do Volga, uma coreana de idade indefinida (vítima de um daqueles deslocamentos populacionais que eram mania de Stálin) e, num cômodo longo e estreito no térreo, um tártaro da Crimeia, Yussuf, o marceneiro, que um dia tinha dito àquela que me acolhia, àquela mulher nascida perto de Paris: "Sabe, Churá, vocês, russos...". O nome francês sofrera também uma lenta russificação, tornando-se primeiramente Churá, deslizando depois para o diminutivo afetuoso Sacha, e voltando enfim ao nome completo de Alexandra, que não tinha nada a ver com seu verdadeiro nome.

Somente aqueles livros que ela me ensinara pouco a pouco a ler traíam ainda sua indiscernível origem francesa. "Assim morreu pelas três flores de lis..."

A maneira romanesca de evocar esse aprendizado encadearia, sem dúvida, descobertas juvenis para contar uma *educação francesa*. Mas na verdade o mais surpreendente era a naturalidade com que, chegando à grande casa de madeira, eu subia as escadas sombrias, empurrava a porta de Alexandra, punha a mochila sobre a cadeira. Eu conhecia vagamente a história da casa: um certo Venedict Samoilov, que antes da Revolução fazia o comércio de lã com a Ásia Central, construíra o que, no começo do século, foi um pequeno solar de madeira clara, e fora expulso dele, desaparecera deixando ali uma rica biblioteca, prontamente dizimada por estufas vorazes que os novos habitantes instalavam nos cômodos cada vez mais deteriorados. Durante a guerra, a casa, situada num povoado perto de Stalingrado, fora incendiada por uma bomba, perdera uma das alas e exibia ainda, no tempo da minha infância, um grande pedaço de parede queimada.

A verdade da memória me obriga a reconhecer que não me espantavam nem aqueles mourões enegrecidos, nem a pobreza extrema dos quartos. E tampouco reparava em seu exotismo de caravançará. Subia a escada aspirando com prazer odores que só a vida familiar consegue produzir, uma mistura de cozinha e lavagem de roupa, cruzava com os moradores, contente de me sentir seu igual porque libertado de minha existência reclusa, entrava no quarto de Alexandra (o aroma do bom chá já era perceptível na escuridão gelada da escada) e tinha a impressão de entrar definitivamente, de voltar a uma casa que me esperava e que não precisaria abandonar no dia seguinte. Estava, enfim, em minha casa.

Em minha vida posterior de adulto, nunca consegui reencontrar a mesma sensação de permanência...

Durante essas visitas, eu com certeza recebera uma educação francesa. Mas uma educação sem sistema, sem premeditação. Um livro largado aberto num canto da mesa, uma palavra russa cuja origem francesa Alexandra me revelava... O sentimento de estar, enfim, em minha casa se misturava imperceptivelmente com aquela língua estrangeira que eu aprendia. A associação se tornou tão intensa que, muitos anos depois, o francês sempre evocaria para mim um lugar e um tempo parecidos com a atmosfera de uma casa de infância que eu jamais conhecera.

Ela tinha começado a me ensinar a sua língua porque, na penúria de nossa vida de então, essa era a última riqueza que lhe restava e que ela podia partilhar. Uma noite, de tempos em tempos, dandome a ilusão de uma vida em família, e essa língua. Provavelmente existira um primeiro engate, uma palavra, um relato, o despertar de uma curiosidade, não lembro mais. Lembro-me muito bem, contudo, do dia em que entrei num quartinho separado do resto da casa pelo incêndio da primavera de 1942. Durante vinte anos, esse reduto sob o telhado permaneceria inacessível, condenado pelas grossas tábuas que os moradores tinham pregado no lugar da parede derrubada. Para alcançá-lo, passei pela janela do patamar da escada. A acrobacia não era sem risco, pois precisava me agarrar ao estilhaço de uma viga, colocar o pé sobre a viga de um assoalho ausente e, apertando o corpo contra a madeira calcinada, agarrar a maçaneta. No interior, descobrira os restos da biblioteca de Samoilov, pilhas de livros danificados pelo fogo, pelo tempo e pela chuva. Livros estrangeiros, sobretudo, inúteis para os habitantes, e salvos das estufas pelo isolamento desse cômodo. Eu trouxera alguns de minha arriscada expedição. Alexandra me censurara (eu tinha apenas sete anos), depois me mostrou seus próprios livros. Proviriam eles também da biblioteca devastada ou de um passado mais longínquo? Não sei. Só que aquele instante me volta hoje: eu me espremo contra os mourões enegrecidos, estendo a mão para a maçaneta e, de repente, vejo meu reflexo num espelho com moldura de estanho preso à parede, compreendo que o vazio em cuja beirada me arrasto foi outrora um cômodo habitado, tenho tempo de fixar meu rosto, um segundo de minha vida, a extrema singularidade desse segundo, o céu, onde esvoaça uma neve muito lenta, quase imóvel.

Minha educação francesa parecia o esforço de um paleontólogo que reconstitui um mundo dissipado a partir de uma ossada. O isolamento em que vivia então nosso país fazia do universo francês uma paisagem tão misteriosa quanto a do cretáceo ou a do carbonífero. Cada romance nas estantes de Alexandra tornava-se o vestígio de uma civilização extinta, extraterrestre mesmo, um fóssil dentro de uma gota de âmbar, como um inseto aprisionado, um personagem, uma cidade francesa, um bairro de Paris.

Nos anos seguintes, Alexandra me fez ler clássicos, mas foi graças ao pequeno cômodo condenado que minha sensação de explorar ficou mais vívida. Ali encontrei muitos livros franceses, alguns corroídos pela umidade e ilegíveis, alguns impressos na ortografia antiga com aquele *oit** do imperfeito que no começo me desnorteou. Num desses volumes abandonados, descobri uma anedota que me marcou mais (por muito tempo tive vergonha de confessar) do que certos romancistas de renome. Tratava-se da atriz Madeleine Brohant, célebre em seu tempo, mas que viveu seus últimos anos em grande dificuldade como inquilina no quarto andar de um prédio antigo da Rue de Rivoli. Um dos raros amigos que permaneceram fiéis a ela se queixou um dia, resfolegando, da fatigante subida. "Mas, meu querido", respondeu a comediante, "só me restou esta escada para ainda fazer palpitar os corações!" Os alexandrinos mais brilhantes, os romances mais engenhosos nunca me ensinaram mais sobre a natureza do caráter francês que essa tirada de doce amargura da qual sinto ainda perceber a ondulação vocal.

Haveria alguma lógica naquele aprendizado? Uma obra de ficção poderia facilmente imaginar suas etapas, os progressos, as aquisições. Minha lembrança guardou apenas um punhado de instantes ou de iluminações sem ligação aparente. A resposta de Madeleine Brohant, e também aquele dia na vida agitada e exuberante da duquesa de Longeville. Sedenta, a aventureira se lança sobre um copo de água que lhe trazem, bebe, e declara com um suspiro voluptuoso: "Que pena que isso não seja um pecado".

Havia no entanto uma ligação entre esses fragmentos que a memória preservou. A arte da palavra ou da boa palavra, o culto do duplo sentido, o jogo verbal que tornava o real menos definitivo

* Terminação arcaica do imperfeito do indicativo, atual *ait*. [N. T.]

e os julgamentos menos previsíveis. Na época, a vida russa ainda ressoava com ecos stalinistas: "inimigo do Povo", "traidor da Pátria" não estavam inteiramente fora de uso. No orfanato, aliás, a despeito de nossos devaneios heroicos, sabíamos que nossos pais eram designados precisamente por esses epítetos. As palavras, moldadas na forma da propaganda, tinham uma dureza de aço, um peso de ferro fundido. Queimando as brochuras de Kruschev, o velho encarregado de calefação tinha balbuciado a palavra "voluntarismo" (acusação oficial que devia ter ouvido no rádio e que articulava mal, como o nome complicado de uma doença vergonhosa). Não conhecíamos o significado, mas experimentávamos uma obscura admiração pelo poder desse "ismo" que acabava de derrubar o homem mais importante do país e obrigava nossos professores a estudar certas passagens de nossos manuais.

Inconscientemente, talvez, eu fazia um paralelo entre essa língua de aço e a leveza do copo de água virando pecado nos lábios da duquesa de Longeville, a doçura delicada de uma escada penosa que acelerava os corações. Palavras que matavam, e palavras que, empregadas de determinada maneira, libertavam.

Esse contraste tinha me conduzido, um dia, para Alphonse Martinville... Com as mãos cobertas de fuligem, eu organizava os volumes que frequentemente se desfaziam entre meus dedos. A porta do cômodo abandonado enquadrava um céu de primavera, terno e luminoso, e, contudo, as páginas do livro que eu tinha descoberto embaixo de um pacote de jornais velhos vibravam de fervor revolucionário, de estalos de guilhotina. A multidão naquele ano II estava ávida de sangue, a chuva do 15 de ventoso escorria sobre a lâmina do trinchante, sobre o cadafalso que não se tinha mais tempo de lavar. Um jovem condenado apareceu. "Ponha-se à nossa frente, Alphonse de Martinville!", ordenou o presidente. Surpreso de receber esse "de" aristocrático, o jovem replicou com a coragem de um desesperado:

"Vim aqui para ser encurtado, não para ser esticado!". Essa réplica conquistou a multidão e agradou ao tribunal. Um grito brotou: "Cidadãos! Prolongai-o!". A alegria foi geral. Martinville foi absolvido.

Dentre essas obras, retive algumas um pouco à minha revelia, por causa das marcas de tinta roxa à margem. Sobretudo esta, copiosamente anotada: *A espécie humana melhorará?*. Eu estava numa idade em que esse título ainda não parecia engraçado. Tinha seguido demoradamente os consideráveis N.B. e *sic* deixados pelo antigo proprietário da casa, o comerciante Samoilov, esse valoroso autodidata que eu imaginava em seu escritório, de noite, o nariz sob grossos óculos redondos, a testa enrugada, o indicador correndo sobre as frases de um pensador francês caído no esquecimento.

Aliás, mais que os grandes clássicos e os avatares da história, foi um manual francês que tratava dos diversos procedimentos para a têmpera de lâminas que muito me apaixonou. Passava horas decifrando os métodos explicados (lembro: grafite em pó misturada ao óleo...), tentando confeccionar a réplica de um punhal que trazia o nome glorioso de *Misericordia*.* O manual indicava sua origem e uso. Quando um cavaleiro acossado se recusava a se render, protegido por sua armadura, apelava-se para essa lâmina longa e fina "que mordia o coração à maneira do ferrão de um escorpião".

A educação francesa que eu recebia era de fato bem pouco escolar.

Aquela noite de novembro foi parecida com as outras, e muito diferente. Eu tinha acabado de contar a Alexandra a briga que me tinha oposto aos garotos, suas zombarias: "Seu pai abatido como

* Mantido em latim, como no original. [N. E.]

um cão...". Ela interrompeu o trabalho, pousou na mesa a minha camisa cujos botões estava pregando e começou a falar, muito naturalmente, de meus pais, traçando uma história que, por fragmentos, eu já conhecia: sua fuga, sua instalação no norte do Cáucaso, meu nascimento, sua morte...

Num romance, o filho deveria ter escutado um relato desses com dolorosa atenção (quantos livros eu não leria, depois disso, muitas vezes patéticos e lamuriosos, sobre a busca das origens familiares). Na verdade, eu a seguia, mergulhado numa insensibilidade opaca, numa espécie de surdez resignada. Alexandra notou, compreendendo sem dúvida que o importante para mim, para todos nós do orfanato, não era a verdade dos fatos (no geral, parecida para todos os nossos pais) mas a bela lenda de um oficial injustamente condenado que um dia iria empurrar a porta da classe. Ela prosseguiu, porém, sabendo que aquilo que me confiava se inscreveria em minha memória à minha revelia e poderia assim escapar do esquecimento.

Eu a ouvia distraído, lançando uma olhadela ocasional para as páginas do livro aberto à minha frente, para a frase que preferia a todas as verdades do real: "Assim morreu pelas três flores de lis [...] um dos mais puros e belos soldados da velha França...".

A rixa que me impedira de imaginar um pai herói teve ainda outra consequência. Alguns dias depois, aquele osso que um aluno pescou no seu prato e atirou por cima da mesa do refeitório na minha direção. Seu grito "Aos cães!" foi acompanhado por uma gargalhada da mesa e, em seguida, por um silêncio tenso, olhares postos na comida: à porta acabava de surgir um inspetor. "Que história é essa de jogar suas sujeiras por toda parte?", indignou-se, apontando com o indicador o osso que ficara caído perto do meu prato. "Esta noite, sem jantar! Você vai lavar o corredor em frente à sala de Lênin. E que não fique uma partícula de poeira!"

Na solidão desse longo corredor que conduzia à "sala de Lênin" (meio museu, meio tesouro, homenageando, em cada escola do país, a memória do grande homem), eu me senti quase feliz. Naquela felicidade que sucede ao desaparecimento da última esperança e nos ensina que todas as dores são, enfim, suportáveis. As tábuas úmidas refletiam a única lâmpada acesa no fim do corredor. Entorpecido pelo vaivém do pano de chão, meu olhar parecia descobrir sob a superfície escura e líquida a profundeza enganosa de um mundo secreto.

Terminada a tarefa, arrastei o balde para o banheiro. Enquanto lavava as mãos, notei respingos marrons ao redor da torneira, na parede. Eram as gotas secas do meu sangue, vestígios da briga de três dias antes. Esse sangramento e a pungente ternura do pensamento da mulher que massageava o seio esquerdo... Aspergi o lugar sujo, esfreguei depressa como se alguém pudesse adivinhar seu mistério.

Fiquei muito tempo no quarto de despejo onde as faxineiras guardavam as vassouras e onde eu guardara meu balde. Esse local me agradava: caixas de sabão bege que exalavam um cheiro acre, gostoso, o estreito postigo aberto para a noite gelada, meu corpo apertado contra o aquecedor que esquentava os joelhos através do pano da calça... Meu espaço vital. Eu me dei conta disso exatamente nessa noite: uma minúscula ilhota onde o mundo não era sofrimento. Fora dali, tudo machucava. Por um reflexo de claustrofobia, sem dúvida, procurei em meu pensamento uma escapada, um prolongamento desses minutos de serenidade, um arquipélago de breves felicidades. Lembrei-me de uma das últimas leituras na casa de Alexandra. Topei com uma palavra desconhecida, o *estran*, ela me explicara o sentido em francês, eu tinha imaginado essa faixa de areia liberada pelas ondas e, sem jamais ter visto o mar, tive a ilusão perfeita de estar ali, de observar tudo o que um oceano podia esquecer numa praia ao se retirar. Compreendia naquele momento que esse *estran* do qual não conhecia o equivalente russo era também a minha vida, exatamente como o quarto andar de um imóvel vetusto onde vivia Madeleine Brohant.

Foi nessa noite, provavelmente, que percebi pela primeira vez com clareza o que o idioma de Alexandra tinha me proporcionado...

A porta se abriu com brusquidão. O intruso parecia entrar na própria casa. Era Caipira. Ele me contemplou com desdém mas sem dureza, e resmungou: “Ah, foi você que deixou toda aquela água no corredor. Deslizei dez metros de bunda. Pior que uma pista de patinação...”. Trazia debaixo do casaco um pacote embrulhado com jornal. O frescor da neve que ele trouxe ao entrar foi cortado por um odor de fumaça, muito cheiroso, que me fez engolir saliva e me lembrou que eu não tinha comido nada desde o meio-dia. Caipira notou minha cara de fome e deu um sorriso satisfeito.

"Então eles não te deram nada de comer, aqueles malditos?", perguntou, tirando o casaco.

"Não, nada", dei uma tossidinha, numa nova contração da garganta, surpreso por esse qualificativo aplicado aos outros.

"Bom, pior para eles. Comem todo dia a mesma gororoba de fazer mijar os delatores. Vamos provar isso..."

Num passe de mágica ele transformou o quarto de despejo em refeitório. Uma tampa de caixa sobre um balde formou a mesa. Dois outros baldes emborcados viraram cadeiras. Do jornal desdobrado surgiu um peixe grelhado, de corpo largo e curvo, as nadadeiras chamuscadas... Começamos a comer. Caipira me contou seus pecados secretos, suas astúcias para sair do orfanato. De vez em quando esticava a orelha, depois retomava o relato num tom mais baixo... Ao fim da nossa refeição, passos atrás da porta nos puseram em sobressalto. A voz de um inspetor gritou meu nome. Caipira se endireitou, me estendeu um balde e, abrindo a porta, escondeu-se atrás dela.

"O que é que você está fazendo aí?", perguntou o homem, tateando a parede sem encontrar o interruptor.

"Eu estava guardando o balde, só isso", respondi com uma confiança impertinente que até a mim espantou.

O inspetor, sempre na penumbra, farejou, mas sua suposição lhe pareceu tão fantástica que se afastou resmungando. "Bom, então guarde tudo e vá logo para a cama." Escondido atrás da porta, Caipira levantou o polegar: "Positivo!".

Foi no andar dos dormitórios, antes de nos separarmos, que ele me disse com aquela entonação desigual que traduz as palavras profundamente enterradas e cuja ascensão brusca aos lábios faz mal: "Sabe, meu pai, ele também... abatido. Com um camarada, tentava fugir... Mas o guarda os surpreendeu e metralhou. Um velho me contou que, nos campos, os fugitivos mortos eram deixados pendurados por três dias bem à vista, diante dos barracões, para que os outros soubessem o que esperar... Minha mãe, quando ficou sabendo disso, começou a beber, e quando ela morreu o médico me explicou que estava como que queimada por dentro. Pouco antes, ela repetia o tempo todo: 'Foi para te ver que ele fez isso'. Mas eu não acreditava de verdade nela...".

A amizade de poucas palavras que nos ligava me ensinou muito. Pária mais desprezado do orfanato, Caipira era de fato o mais livre de nós. Era visto quase todo dia executando a tarefa do lixo, mas não sabíamos que ele mesmo se oferecia e assim podia passar longos momentos roubados percorrendo as margens do rio, aventurando-se até o Volga. Era também o único a aceitar a realidade, a não invocar o fantasma do oficial que ia bater na porta da classe. De fato, ele não aceitava aquela realidade construída por nós, com seus mitos, heróis decaídos, livros queimados na estufa da sala de calefação. E enquanto nós, antes do começo das aulas, éramos alinhados no corredor, classe por classe, e escutávamos, sem ouvir, a gritaria entoada no alto-falante ("O partido de Lênin, força popular, nos conduz ao triunfo do comunismo!"), Caipira deslizava pelos salgueirais na bruma da manhã, no frágil despertar das águas bordejadas pelos primeiros gelos. Essa era a sua realidade.

Eu pensava que meu *estran* não estava tão distante das manhãs brumosas de Caipira.

O país do *estran*, país refúgio, onde ainda me era possível sonhar, revelava-se por fragmentos, sem lógica, no meio dos vestígios da biblioteca de Samoilov. Foi lá que um dia pus a mão numa página arrancada, chamuscada, com este começo de poema cujo autor não consegui jamais identificar:

> Ergue-se o sol em Nancy
> Já está sobre a Borgonha
> Logo o veremos aqui,
> Para ir depois à Gasconha.

Nenhuma geografia me daria uma sensação mais física da terra francesa, de seu território, que sempre me parecera, nos mapas, reduzido demais para ter pretensão a fusos horários. O poeta exprimira a intuição do espaço amado, essa noção carnal da pátria que nos permite envolver num único olhar todo um país, perceber muito distintamente as suas tonalidades, diferentes de um vale para outro, a variação das paisagens, a substância única de cada uma das cidades, a superfície dos muros granulada de minérios. De Nancy à Gasconha...

Eu não tinha a impressão de perseguir um objetivo quando explorava as ruínas dos livros no cômodo condenado. A simples curiosidade de um visitante de sótãos, o prazer de topar com um volume poupado pelo incêndio, uma gravura intacta, uma anotação, caligrafia à antiga. A alegria sobretudo de descer, os braços carregados desses achados, mostrá-los a Alexandra. Contudo, pouco depois de ler a quadra da página arrancada, compreendi o que me impelia a passar longas horas na companhia desses livros mutilados. Do fundo de uma caixa cuja madeira se desagregava como areia sob meus dedos, tirei uma *História do Baixo Império* com as folhas coladas pela umidade, depois um livro em alemão impresso em exuberantes caracteres góticos e, por fim, sem capa, aquela *Nota fúnebre*. Já não me lembro do destinatário. A sombra de uma grande linha desaparecida está ligada, muito confusamente, a essa leitura. Retenho apenas, mas de cor, as palavras de Francisco I que o autor citava e que estavam sublinhadas com tinta roxa, uma tinta desbotada que reconheci: "Somos quatro cavalheiros da Guiana que combatem em liça contra todos que vão e vêm da França: eu, Sansac, Montalembert e La Châtaigneraie". Eu imaginava o país que um olhar amoroso abraçava seguindo o curso do sol, de Nancy à Gasconha; sabia agora que era o olhar desses quatro cavalheiros que observavam, para melhor defendê-la, a terra natal.

Buscava em minhas leituras aquilo de que me privavam. O apego a um lugar (o de meu nascimento era muito impreciso), uma mitologia pessoal, um passado familiar. Mas principalmente aquilo de que os outros acabavam de me privar: aquela divina liberdade de reinventar a vida, de povoá-la de heróis. Os quatro cavalheiros da Guiana eram para mim bem mais reais que os espectros dos belos oficiais que assombravam os dormitórios do orfanato.

Acreditaria de verdade nessas silhuetas equestres que velavam sobre a França? Creio que sim, como se crê na nobreza, na compaixão, no sacrifício pessoal quando se tem onze ou doze anos. Aliás, não era a realidade dessa imagem que me interessava, mas sua beleza. A estrada no alto de uma colina, a poeira amortecendo o martelar dos cascos, os quatro companheiros que avançam lentamente, o olhar fixo na distância, ora para o amontoado brumoso das montanhas, ora para a manifestação luminosa do oceano. Eu os via assim, era minha maneira de esperar.

Esse país sonhado logrou, um dia, imprimir seu espaço em mim, como se imprime em nossa memória visual o desenho das constelações, e na planta de nossos pés o desnível de um caminho familiar. Eu me dei conta disso durante a última aula de literatura antes das férias de ano-novo. O ambiente era de pouco estudo. Alguns cochilavam, hipnotizados pela ondulação dos grandes flocos atrás da vidraça, outros, no fundo da sala, sufocavam o riso passando por baixo das mesas um manual aberto numa ilustração maculada. De tempos em tempos, bradava a voz da professora, mulher grande e ossuda, o queixo pesado e proeminente: "Quem quer ficar sem comer até amanhã?". A classe gelava, ela retomava seu comentário, que descortiçava um poema de Lermontov, o manual provocava novos espasmos de hilaridade. Quando passou por meus olhos, não pude reprimir um sorriso. O poema estudado (consagrado a Napoleão) era ilustrado pelo quadro representando o imperador, que acabara de abdicar. Uma escolha infeliz quando se conhece a mania dos gazeteiros de profanar os personagens ilustres dos manuais. Napoleão estava sentado, o ar abatido, o corpo espremido, o olhar fixo, as pernas bem abertas. E era nessa virilha imperial que uma mão sacrílega desenhara um monstruoso tubo felpudo acrescido de duas bolas enormes. Outra mão, mais inocente, tinha coberto seu rosto com longas cicatrizes suturadas, escondido seu olho esquerdo sob uma venda de pirata. Eu ri, pensando que alguns personagens sofriam em nossos manuais acréscimos ainda mais infamantes, apêndices ainda mais musculosos... Foi nesse momento que a professora começou a declamar o poema.

Ela lia ao mesmo tempo mal e bem. Mal porque sua voz era monocórdia e visivelmente atenta à apatia de uns e aos cochichos debochados de outros. Bem porque a banalidade dessa voz permitia esquecê-la, esquecer essa mulher grande de ombros angulosos, esquecer essa classe, penetrar no universo noturno das estrofes, encontrar-se nessa ilha perdida no meio de um oceano, perto de uma pedra tumular aberta uma vez por ano, à meia-noite, no dia do aniversário do imperador. O defunto se levanta e sobe na ponte do *Holandês Voador*, que se lança para "a França amada, onde ele deixou a glória, o trono, o filho herdeiro e a guarda fiel". Ele desembarca em plena noite e desperta a costa deserta com um apelo potente que ressoa até as profundezas do país. Mas a pátria permanece surda: "Os granadeiros bigodudos dormem na planície onde murmureja o Elba, sob a neve da fria Rússia, nas areias escaldantes das pirâmides". Ele convoca então seus marechais: "Ney! Lannes! Murat...". Ninguém acode. "Uns tombaram no campo de honra, outros traíram cunhando sua espada." Num grito desesperado, ele chama pelo filho, mas, em resposta, ouve o silêncio fúnebre do vazio. A aurora o obriga a deixar a pátria. Ele sobe no navio, e o *Holandês Voador* o leva para sua ilha longínqua.

Eu nunca experimentara tamanha liberdade diante do real. Tinha vontade de rir, de tanto que a beleza dessa viagem noturna amesquinhava o mundo dito real que me cercava: as paredes da sala de aula decoradas com faixas de algodão vermelho com citações de Lênin e do último congresso do partido, o edifício do orfanato, as chaminés de uma usina gigantesca atrás do rio tomado pelo gelo. O homem de pé na ponte do *Holandês Voador*, aquela silhueta de chapéu de dois bicos, não tinha nada a ver com o Bonaparte de quem nossos livros de história ensinavam a aventura, nem com o "personagem literário" analisado por nossa professora, nem com aquele gordinho de pernas afastadas que a ilustração descrevia. O exilado retornado às costas bretãs lançando apelos aos marechais era uma realidade desvendada pelo poeta, mais verdadeira que a própria história. Mais crível porque bela.

Eu sabia que o viajante do *Holandês* pertencia ao país dos quatro cavalheiros da Guiana, que podia, como eles, abarcá-lo com um único olhar, das florestas do leste às dunas do oceano. Quando, ao fim da aula, bateram as dobradiças das tampas de nossas velhas carteiras, pensei que seria possível, talvez, jamais tirar do pensamento esse país sonhado.

Pela lógica de minha busca adolescente, eu deveria ter mergulhado numa solidão cada vez mais desdenhosa e selvagem, adotando a postura do jovem rei no exílio. Um ser dilacerado entre seu sonho francês e a realidade. Lógica romanesca e romântica. Tudo se passou de outra maneira. Foi a realidade que, de repente, fez um lance teatral.

Primeiro um simples rumor tão inverossímil que, durante as férias do ano-novo, falávamos daquilo como de uma brincadeira extravagante. Nossas férias, aliás, não se pareciam com as dos estudantes normais. Enviavam-nos para limpar as linhas ferroviárias, frequentemente bloqueadas por tempestades de neve, ou então, de vez em quando, éramos alinhados numa ala de honra por ocasião de uma visita oficial. O passado glorioso de nossa cidade atraía delegações estrangeiras. Contornando o perímetro de um monumento aos mortos, representávamos "a juventude soviética recolhida na recordação inquebrantável da guerra". Era nas férias, em especial, que recorriam a nós, porque as crianças normais eram difíceis de mobilizar nesses momentos. Ou quando o frio era extremo e os pais se recusavam a expor seus pequenos às rajadas de menos vinte e cinco.

Fazia justamente muito frio naquele mês de dezembro. Nossas fileiras, apesar da posição de sentido imposta, saltitavam, as solas das velhas botinas batendo no gelo, e para aquecer o coração, esperando a passagem de um cortejo oficial, comentávamos aquele rumor estúpido. Que palhaço o teria espalhado?

No reinício das aulas, a notícia caiu sobre nós como uma bomba: o rumor não era falso, a partir da próxima volta às aulas o orfanato fecharia.

Nos meses seguintes, tomamos conhecimento dos detalhes: os alunos seriam encaminhados para orfanatos comuns, os mais velhos para escolas técnicas e fábricas, talvez para cidades distantes. Só acreditamos nisso de fato em junho, quando, depois do final das aulas, nos mandaram arrastar nossas velhas carteiras para a sala de calefação. Mas, até esse dia, alimentávamos a esperança de que fosse alarme falso. No entanto, cada um a sua maneira se preparava para a partida.

O orfanato, o equivalente da prisão onde tinham desaparecido nossos pais, mudou subitamente de natureza, revelando-nos seu lado hospitaleiro, quase familiar. A vida dos outros, cuja liberdade sempre invejáramos, agora nos angustiava. Éramos como aquele preso que cumpre uma longa pena, conta as horas e, ao mesmo tempo, teme a saída, e muitas vezes, justo antes do grande dia, foge, se faz prender e se vê outra vez em meio à contagem regressiva dos dias riscada na parede.

Na aparência, nosso cotidiano continuava o mesmo. A mudança mais sensível foi uma espécie de solidariedade que se impôs por si, apagando as antigas castas de fracos e fortes. A força, hostil, desconhecida, estava agora do lado de fora dos muros.

Um sábado à noite, em janeiro, eu subia para o cômodo condenado, onde já tinha quase terminado a triagem dos livros. Na penumbra, seus mundos despertaram, as palavras ressoaram, ensurdecedoras, em meus ouvidos. Sobre uma caixa estava pousada a lâmina do futuro punhal *Misericordia*... Lá de cima, Alexandra me chamou. Lancei um último olhar ao redor, pensando que logo abandonaria aqueles livros por muito tempo, para sempre talvez, e que seria preciso tentar levar comigo o país nascido em suas páginas.

3

Este inverno marcou um intervalo entre duas gerações, os famosos "vinte anos depois", que, vagos demais para os historiadores, cadenciam contudo a cronologia dos países. A guerra já terminara fazia vinte anos. Uma geração tivera tempo de nascer, crescer e procriar. Tudo isso sem guerra. O laço de sangue com ela afrouxava, a hereditariedade da memória se rompia, os mortos congelavam definitivamente no bronze. Ergueram uma floresta de monumentos precisamente a partir desses anos, em nossa cidade, imensos memoriais de concreto celebrando a batalha de Stalingrado, estátuas ciclópicas, acenderam-se "fogos eternos". E fecharam o nosso orfanato, considerando que a quarentena já durara demais, que tínhamos expiado o passado de nossos pais e agora seria ideologicamente mais judicioso nos dispersar, como estilhaços desse passado, na população sadia.

Os últimos meses antes da partida foram tomados, em partes iguais, de exaltação e inquietude. Sabíamos que o mito dos pais heróis só faria rir as pessoas entre as quais iríamos viver. Vínhamos não apenas de um lugar estranho, mas de outra época, do tempo em que as estátuas ainda se mexiam e falavam, aquecidas pelo sangue que escorria sob o bronze. Tínhamos de aprender a recuperar o tempo, a conquistar nosso lugar na realidade dos outros, isso todos nós compreendíamos. Aprender a esquecer.

Restam-me desses meses alguns fragmentos breves, rápidos vislumbres da memória, aparentemente acidentais, mas sem os quais eu com certeza teria me tornado outro. Naquela tarde de janeiro, em especial, um frio cortante nos obriga a romper a imobilidade exigida e esfregar o nariz. Os lábios estão insensíveis. O cortejo que esperamos numa grande avenida da cidade está atrasado. Todo mundo saltita para não se transformar num poste de gelo: os milicianos alinhados com alguns metros de intervalo, nós atrás deles, outros representantes das "massas trabalhadoras". Pelo rumor que circula, é um personagem muito importante, o próprio Brejnev, murmuram em volta. Nossa curiosidade é atiçada pelo desejo de adivinhar em que carro do cortejo esse personagem virá. Não na da frente, com certeza. Na segunda, na terceira? Segredo de Estado. Sentimo-nos investidos de uma missão. Mas o cortejo não chega. Nossos pés parecem retinir como pedras de gelo. Por despeito, um aluno cochicha uma história engraçada. Transmitida no bafo de um sopro, ela aquece nossas orelhas. O atentado contra Brejnev, o atirador mira mal, é preso, interrogado: "O que o impediu de mirar certo?". "A multidão. Todos queriam atirar primeiro." O riso descongela os lábios. Os milicianos se viram. Um inspetor surge por trás de nós distribuindo tabefes de leve... O cortejo se desdobra com tal velocidade que é impossível fixar o olhar nos vidros do caudal negro de limusines. Nossas mãos acenam tarde demais, saudando os guardas motorizados que fecham o séquito. Seus rostos estão corados, e os capacetes, esbranquiçados da geada... As "massas trabalhadoras" rompem as fileiras e se dispersam, ansiosas por voltar para casa e beber alguma coisa quente. Mas nossa missão não terminou. Embarcados num ônibus, somos levados ao pé de um memorial inteiramente novo, para representar, à Potemkin, a mesma comédia do júbilo popular. Nessa colina, o vento que chega das estepes é atroz. Nos dispõem num pequeno grupo, decerto para imitar uma multidão. Não falamos mais, permanecemos imóveis, não dando pretexto para os inspetores nos repreenderem. Eles próprios parecem compreender o desumano absurdo dessa espera. O dia declina, o cortejo não chega. Um oficial graduado se aproxima de nossas fileiras, fala ao ouvido de um inspetor. Este sorri para nós com ar melancólico: "Descansar!".

Nesse momento eu escapo. Todos estão cansados demais para nos contar. Desço a colina pela outra encosta, corro para a cidade. Não explico nem a mim mesmo as razões da fuga. Talvez o desprezo desse visitante ilustre que não se dignou a vir. Ou então a felicidade imaginada dos outros figurantes, que já voltaram para casa e estão bebendo chá quente cercados pela família. Provavelmente esse pensamento. A intuição fulgurante do lar, o calor, o sossego. Percorro as ruas imitando o andar dos transeuntes, entro numa loja, misturo-me por alguns instantes com o aglomerado num ponto de ônibus. Com a esperança irrefletida de que sua vida me aspire para ela, faça de mim seu semelhante. Uma tela, como uma fina lâmina de gelo, me separa dessa gente... Entro numa igreja sem nenhum propósito particular, só para me aquecer. A rejeição de tudo que esteja ligado à religião é instintiva. Não gosto dessas velhas que fazem o sinal da cruz e resmungam diante de ícones enfumaçados. O eco sob as abóbadas é desagradável, intimidador. A iconóstase* é esmagadora em sua riqueza rutilante. Nem a chama das velas consegue desentorpecer

* Nas igrejas ortodoxas, espécie de divisória decorada com imagens, ícones, que separa a nave do santuário onde o padre oficia. [N. T.]

meus dedos, apenas queima, morde, ou então se esquiva. Lembro-me de um dia, no orfanato, quando mandaram sair de nossas fileiras um aluno para castigar sua falta desonrosa: secretamente, alguma velha retrógrada o tinha levado à igreja para batizar! Nosso desprezo por esse ruivo chorão era sincero. Uma dessas velhas, pensei, observando suas costas encurvadas. A voz do padre é ligeiramente queixosa, trêmula de frio. Decifro mal sua ladainha, ele convida a orar, orar por todos nós, pelos próximos, pelos distantes, pelos mortos... Volto para o orfanato quase na hora do jantar. Não posso confessar a ninguém que minha primeira tentativa de viver entre os outros fracassou.

Eu também não teria me tornado quem sou sem ter vivido essa noite, no fim do inverno. Melhor, essa hora particular, quando, por um momento muito breve, interrompia-se a passagem dos trens ao lado da casa onde Alexandra morava. Durante o dia, os trilhos, a poucos metros apenas das paredes de madeira, faziam ouvir a sinfonia barulhenta dos comboios que atravessavam o vilarejo. Os habitantes nem reparavam mais em todas aquelas marteladas, estrondos, assobios, rangidos, crescendos e diminuições. Podiam reconhecer de ouvido o surdo tamborilar de um comboio chegando dos Urais com os vagões carregados de minério, a onda de choque provocada pelo expresso de Novossibirsk, a interminável percussão dos negros vagões-tanque trazendo petróleo do Cáspio... Havia nessa estrada de ferro, perto das duas da manhã, um momento vazio, um breve descanso entre os trens mais tardios e os que iam, bem cedo, despertar o pátio de manobras. Às vezes, essa pausa noturna era violada pela passagem muito rápida dos trens especiais. Da minha cama, separado do resto do quarto por um velho biombo, bastava-me esticar o pescoço para ver o desfile das longas plataformas, as lonas que deixavam adivinhar o contorno dos blindados, a forma dos canhões. Lembrava-me então do que nossos professores contavam sobre a vida mundo afora. Essas armas se destinavam, sem dúvida, aos defensores do Vietnã que os americanos estavam queimando com napalm, aos cubanos estrangulados pelo bloqueio, aos africanos em sua luta por libertação. O argumento me parecia justo; eu adorava ser despertado por esses trens cercados de mistério.

Naquela noite, perdi a passagem do comboio noturno. Quando me levantei da cama, a última plataforma já deslizava sob a janela. Distingui apenas o volume incomum dos equipamentos transportados: o topo das lonas ultrapassava nosso primeiro andar. Foguetes, talvez..., pensei meio dormindo, e permaneci por alguns instantes escutando o longo desfalecimento do barulho. A noite, como era de costume após o degelo de fevereiro, estava glacial e límpida. Na parte alta da janela, onde a geada não invadira com suas ramagens, o escuro tinha o resplendor de uma rachadura de granito micáceo. Entre duas estalactites de gelo presas à goteira, uma estrela se deixava ver em relevo, viva e consciente da nossa vida, da existência da velha casa de madeira suspensa num isolamento total, no brilho meio aterrador desse céu despertado.

As últimas vibrações dos trilhos silenciaram, a calma ia se tornar absoluta. Foi então que discerni um murmúrio imperceptível que ainda perturbava a decantação do silêncio. Prestei atenção e reconheci a voz ou, antes, a sombra da voz de Alexandra. O teto estava fracamente tingido pelo reflexo de sua lamparina. Confuso por surpreender esses cochichos, ia me recostar de novo quando, de repente, me pareceu ouvir meu nome. Talvez ela esteja passando mal, pensei, e não tenha forças para me chamar... Inquieto mas não querendo me trair, afastei de leve o cetim gasto do biombo... No canto do quarto, do outro lado do armário que formava meu recanto, vi uma velha sentada sobre a cama, os pés embaixo de uma enorme camisola pousados sobre um pequeno tapete retangular. De início me pareceu desconhecida. Seus cabelos brancos desfeitos escorriam até os ombros. Mas sobretudo aquele gesto: a cabeça profundamente abaixada, os dedos apertados contra a fronte. No tênue frêmito de suas palavras, reconheci de novo meu nome...

Não refleti, não pensei: "Uma mulher que reza". Minha intuição era, naquele instante, bem menos elaborada. Com todo o meu ser, sentia o infinito da escuridão em que nossa casa estava perdida, o abismo da noite, as extensões geladas do céu e da terra, e no fundo desse abismo, uma mulher que evocava minha presença neste universo.

A lamparina apagou. Fiquei deitado, sem sono. Já no meio da algazarra matinal dos trens, lembrei que ela murmurara aquelas palavras secretas em sua língua materna.

Nos dias seguintes, quando soube encontrar as palavras para compreender aquela noite, lembrei a ladainha do padre, aquela voz irregular que me desagradara. Ele convidava a orar, entre outros, "por aqueles por quem ninguém ora". A expressão, então incompreensível, me parecia agora de uma justeza pungente. Ignorando tudo sobre a prática religiosa, eu via na oração sobretudo o fato de pensar num ser, imaginar sua solidão extraviada no céu, unir-me a ele por meio desse pensamento, mesmo que ele ignorasse, e principalmente se ele ignorasse esse pensamento.

"...por quem ninguém ora." Na monotonia de uma manhã lenta para nascer eu ajudava Caipira a recolher suas linhas, todas vazias. O tímido fogo de lenha que ele acabava de acender não serviria, porém, de nada. "Os meses com *r* não prestam para a pesca", explicou, brincando. Estávamos nos primeiros dias de março. O fracasso não pareceu afetá-lo. Sentou na carcaça de um velho barco, pegou um pedaço de pão, me estendeu a metade. As nuvens começavam a empalidecer por cima do rio ainda coberto por uma carapaça branca. Ele comeu, depois ficou imóvel, silencioso, com a vista parada no outro lado do rio. Eu o observava com atenção, com insistência até. Aqueles por quem ninguém ora, pensei mais uma vez.

"Então, você quer vê-la?", disse ele de repente, sem se virar para mim.

"Ver quem?", perguntei, perplexo.

"Deixe de enrolar, você sabe: a enfermeira!"

"Mas... por quê? Você divagou..."

Ele se calou, os olhos de novo perdidos no mato das margens. De modo febril eu buscava nas nossas conversas o que poderia ter me traído. Nada. E no entanto... cada palavra, cada gesto.

"Me dê a mão", ordenou-me de estalo, num tom quase brutal ao se levantar. Estendi a mão direita, ele a afastou, pegou a esquerda e, antes que eu conseguisse reagir, riscou a palma com um pedaço de gelo, me pareceu. Não, era uma moeda de cinco copeques aguçada como lâmina de barbear. O corte, pouco profundo, brilhou, começou a sangrar.

"Você lhe dirá que foi de novo esse barco de merda enferrujado..." Fiquei indeciso, olhando ora para ele, ora para o filete de sangue. "Vai", disse ele mais baixo, sem brutalidade, e me sorriu com uma expressão bondosa que eu jamais vira em nenhum rosto do orfanato.

Na enfermaria, caí por alguns minutos naquele estado hipnótico que a lentidão da mulher fazia reinar ao redor. Um estado de felicidade para mim, mistura de doçura maternal e ternura amorosa.

Da biblioteca de Samoilov, no cômodo condenado, restavam apenas os volumes muito destruídos pelo incêndio. Com as mãos cobertas de cinza, eu tentava ressuscitá-los mais por respeito a sua inutilidade. A leitura se tornava em geral impossível. Eu tinha apenas o tempo de fixar uma folha chamuscada, e ela já se esfarelava entre meus dedos levando embora para sempre seu conteúdo. Foi assim que li, sem poder reler, um breve poema cujas cenas se mostraram estranhamente de acordo com a fragilidade dessa leitura única. Não conhecia o autor, sem dúvida algum poeta obscuro da periferia do romantismo. A biblioteca de Samoilov, formada com o apetite onívoro de um neófito, era rica desses nomes negligenciados pelas antologias, e anos depois eu pensaria que teria conseguido traçar uma história literária original, quase paralela à que se ensina e enaltece.

O título do poema era "O último esquadrão", tomado emprestado, provavelmente, de Hugo, e ecoando as epopeias guerreiras do começo do século XIX. Os soldados desse esquadrão caíam um a um ante o assalto de um inimigo mais numeroso e mais bem armado. O herói só exprimia um temor, o de ver os companheiros se dobrarem. Eles aguentavam, contudo (uma rima me voltaria, no futuro: "bateria – fratria"), recompondo o esquadrão para fechar as brechas deixadas pelos mortos. No fim, restavam dois, o herói e seu amigo. Costas contra costas, lutavam por pura bravura, cada um temendo deixar o outro só. Quando enfim o coração do guerreiro foi transpassado, ele se virou e viu, em vez do amigo, um anjo com asas potentes manchadas de sangue.

A página se desfez entre meus dedos como uma camada fina de ardósia. Esse aspecto imaterial reforçou o efeito das palavras. Poucas estrofes guardariam em minha memória tanta vitalidade quanto esses versos sem renome.

Lembro-me também de uma das últimas leituras (talvez mesmo a última) em companhia de Alexandra. Essa noite no fim do mês de março demorou a escurecer, podíamos tomar nosso chá e ler sem acender as luzes. Às vezes um trem passava, e nos compartimentos iluminados deixava surpreender a vida dos viajantes: a mulher que bordava um lençol no beliche; o jovem, as mãos imitando antolhos, a testa colada ao vidro, como que esperando ver aqueles que acabara de deixar... Alexandra tinha aberto a janela, o ar morno trazia o amargor agradável dos últimos montículos de neve, da casca inchada das árvores. Promessa de primavera. Eu pensava nisso observando Alexandra, que lia em voz alta, uma sombra de sorriso tingindo os lábios. Pela primeira vez, pensei no que poderia sentir uma mulher com a chegada de uma nova primavera. Uma mulher da sua idade. Ou será que a idade não contava?

O livro que estava lendo vinha da biblioteca devastada, daquele lote de volumes de autores esquecidos ao qual pertencia "O último esquadrão". Era uma coletânea de histórias curtas, interessantes apenas pela bela construção que deixava pairar o suspense, no espaço de meia página, antes da vitória do bem. Eu escutava, embalado por esses desenlaces previsíveis, quando, de repente, o relato seguinte, ainda mais breve que os outros, rompeu o vaivém da narrativa. Um enamorado se apaixona perdidamente por uma jovem tão bela quanto cruel, declara seu amor e oferece seu coração. "Não, caro amigo, teu coração eu já possuo. Para provares que me amas de verdade, traz-me o coração de tua mãe, sim, o coração que arrancarás do peito dela." O namorado corre para casa, apunhala a mãe, apodera-se de seu coração. Com pressa de presentear a amada, ele tropeça no caminho, cai, deixa escapar o coração, que despenca no meio do cascalho. O apaixonado geme, se levanta e, de repente, escuta uma voz aflita: "Você se machucou, meu filho?".

Não tenho lembrança de ter me levantado, saído do quartinho, corrido. Simplesmente, depois de um total apagamento da consciência, me vi de pé no cômodo condenado, que eu alcançara saindo pelo patamar, deslizando colado à parede da casa, sobre um velho plinto, empurrando a porta. Eu estava ali, o lábio mordido até sangrar para não gritar, os olhos não vendo nada no começo, depois vendo aquele vazio atrás da porta: os campos sob uma neve cinzenta, fatigada, o céu apagado, a primavera. Um mundo perfeitamente familiar e irreconhecível. Alexandra não me chamou, deixou-me só, esperou tranquilamente que eu descesse. E não tornou a falar desse conto.

Muitos anos depois, a diferença entre a língua materna e a língua aprendida viraria um tema da moda. Eu ouvira dizer muitas vezes que só a primeira podia evocar os laços mais profundos e sutis – os mais intraduzíveis – de nossa alma. E me lembraria então do amor materno que tinha descoberto e sentido em francês, num livrinho muito simples com as páginas chamuscadas.

Sob o sol abrasador, imensas placas de gelo desciam o rio, se chocavam, se quebravam, expondo sua margem esverdeada com um metro de espessura às vezes. No momento em que passávamos, uma placa de gelo flutuante se chocou com um pilar da ponte, detonando o eco do choque. A calçada vibrou sob nossos pés. Rompendo as fileiras, disparamos para a balaustrada. A vertigem foi embriagadora: o resplendor dos feixes de luz, o frescor selvagem das águas libertadas e a potência bestial dos blocos de gelo que se erguiam contra o pilar, levantando-se aos solavancos. Na margem oposta, parecendo formigas pretas, crianças brincavam de *draveurs*,* saltando de placa em placa. A superfície branca rachava, os jovens audazes pulavam para o pedaço maior, que por sua vez se fragmentava, expulsando-os ora para a terra firme, ora – os mais loucos – para um bloco cuja instabilidade exigia contorções de equilibrista. Esse jogo, visto do alto da ponte, lembrava as cintilações de um caleidoscópio.

Nossa vida, naqueles meses primaveris, também lembrava um caleidoscópio cujo tubo tinha se despedaçado deixando escapar,

* Do inglês *driver*, os homens responsáveis pela tarefa de entrar na água ou subir nas toras transportadas por via fluvial para garantir que não emperrem durante o percurso. [N. T.]

pouco a pouco, as lantejoulas de vidro e espelho. Os acontecimentos desfilavam, menos para nos levar ao futuro que para exaurir, até o último fragmento de sonho, nossos anos de orfanato.

Houve várias fugas em algumas semanas, fugas de verdade, sem volta, uma das quais terminaria, disseram, no Extremo Oriente. Depois, pouco antes das festas de maio, aquela aluna que o diretor acompanhou até uma ambulância estacionada na entrada. Era difícil imaginar que uma adolescente de catorze anos, magra e apagada, fosse em breve se tornar mãe, e que desde o outono passado trazia dentro de si aquela outra vida e conseguia não se revelar no meio de nós, que rabiscávamos as páginas de nossos manuais e contávamos piadas sobre Brejnev.

Numa das primeiras noites de maio, compreendi que o mundo dos outros nos cobraria um tributo. Estava debruçado numa mesa alta, ao lado de uma banca onde serviam cerveja. Não tinha dinheiro, mas enquanto a garçonete não notasse a minha presença podia escutar as conversas dos clientes. Eram sobretudo homens que, antes de retornar sem alegria ao lar (eu descobrira que um lar podia não ser alegre), ali exibiam sua virilidade, falando de mulheres (duas categorias: as que "davam" e as outras), maldiziam a injustiça do destino. Mulheres eram poucas nesse ambiente masculino. Naquela noite, apenas uma, a duas mesas da minha. O homem que a acompanhava lhe falava num tom tão depreciativo que era como se a cada palavra ele juntasse saliva para cuspir. Em certo momento, ele a atingiu com uma leve bofetada seca, furtiva. Ela virou o rosto, eu a reconheci. Era Muzá, uma garota do orfanato, três anos mais velha que eu. Talvez tivesse sangue caucasiano ou tártaro porque seus traços eram cinzelados com uma finura extraordinária, um desses rostos cujas nobreza e harmonia fazem duvidar das origens zoológicas do gênero humano. Nenhum aluno tivera a coragem de cortejá-la. Esse grau de beleza a situava, para nós, numa outra espécie vivente, entre um galho coberto de neve e uma estrela cadente...

Os clientes eram poucos, a banca ia fechar. Eu ouvia claramente as palavras que o homem soprava entre os dentes: "Você vai aonde eu te mandar, sua putinha suja. Sem mim, você não teria nada para cobrir a bunda...". Muzá protestou com um gesto de cabeça, e então o homem, muito calmo, com um ricto de ódio apertou-lhe o lábio inferior enfiando o dedo nessa boca deformada. Ele tinha o dobro da idade dela e, pela roupa bege e pela cor dos cabelos ralos, parecia um cigarro comprido perdendo o fumo. Ela quis se desvencilhar, mas ele prensou sua boca com mais força, impedindo-a de falar. Foi com esse polegar enfiado por trás da sua bochecha que ela conseguiu balbuciar num tom miseravelmente cômico: "Eu sei aonde ir. Não vou dormir na rua...". Ele caçoou, afrouxando o aperto, como que enojado: "É, claro, volta para a tua piolheira. Logo vão pôr todos vocês pra fora...". Ela começou a chorar, e fiquei abalado com aquelas lágrimas porque ela soluçava como uma mulher madura, gasta pela vida.

A garçonete tilintou meia dúzia de canecos vazios que segurava com os dedos bem abertos. "Então, acabou teu pirulito ou quer que eu chame o guarda, ele não está longe, dê o fora antes que eu fique zangada!"

Fui embora magoado por não ter interferido, aquela vergonha que todo homem experimenta dez ou vinte vezes na vida. Essa vez permaneceria para mim uma das mais penosas.

Não fui o único a ver Muzá em companhia do homem com jeito de cigarro bege. Alguns dias depois, um aluno alegou que os tinha surpreendido num barco encostado à nascente do orfanato. Apesar dos exageros apimentados do seu relato, acreditei nele porque o comportamento do homem bege descrito por ele correspondia exatamente ao que eu tinha visto. Nesse relato gaguejante de excitação, o homem estava sentado no barco, a calça desabotoada, a virilha exposta. Ele assobiava, e Muzá, de joelhos, tinha a cabeça colada a essa virilha, mas sua cabeleira impedia de ver... O narrador, orgulhoso de seu sucesso, encenou o momento, representando o homem que olhava para as nuvens assobiando, a mulher e sua boca deformada pelo vaivém do esforço... Caipira, que nunca participava de nossas discussões, rompeu subitamente o círculo e, sem dizer nada, deu um soco no garoto. O narrador bambeou, agitando os braços, levantou-se, os lábios sangrando, praguejou, e se calou ao topar com o olhar de Caipira. Um olhar não ameaçador, mas triste.

De um modo ou de outro, todos nós aprovamos Caipira, mesmo o que levou o soco.

Revi a enfermeira num feriado de maio. Ela saía de uma loja segurando uma alça de uma grande sacola de compras. A outra alça era segura por... pensei primeiro: seu irmão gêmeo. Era o marido, e parecia uma curiosa cópia masculina dela. Quase a mesma estatura, mediana. A mesma corpulência, mais para o roliço. Cabelos claros e vaporosos, até mais lustrosos no homem. Não senti ciúme nem decepção. O casal lembrava porquinhos de histórias em quadrinhos, e não poderia ter, portanto, nada em comum com a mulher silenciosa que tratara meu ferimento. Com todas as minhas forças, quis acreditar na possibilidade desse desdobramento. Precisava guardar no caleidoscópio despedaçado de nossa vida ao menos esse sonho rompido.

Nesse rápido reverberar de visões, houve também as duas garotas e seus namorados que tagarelavam na entrada de uma alameda. Nós os observávamos do caminhão que nos trazia de um canteiro de obras. O motorista tinha estacionado embaixo das árvores e descera para buscar um maço de cigarros. Um dos rapazes estava sentado em sua bicicleta, o outro segurava a sua pelo guidão. De nosso abrigo formado pelas grades de contenção do caminhão, nós os espiávamos naquele seu pequeno oásis de despreocupação. Sua liberdade nos subjugava. Até a pele deles era diferente da nossa. Depois de alguns dias quentes como forno, nosso rosto descascava, nossos cabelos curtos estavam ásperos e descorados. A pele dourada das garotas revelava um modo de vida misterioso em que as pessoas cuidavam do corpo como de um bem... Em certo momento, o rapaz montado na bicicleta pegou uma fina mecha de cabelos caída no rosto da namorada e a repôs atrás da orelha. Ela não pareceu notar o gesto, continuando a conversa. Senti em volta de mim uma rápida tensão muscular, como numa sala de cinema quando o herói avança para o perigo... Uma salva de pragas explodiu no meio de nossa multidão apertada. Risos, obscenidades, batidas na lataria da cabine, e depois, como se alguém tivesse dado a ordem, o silêncio. Os dois casais se afastaram rapidamente sob as árvores da alameda. Ao meu lado, uma garota que se apoiava na beira da grade tinha os olhos cheios de lágrimas.

Do mesmo caleidoscópio quebrado despontou este feixe de cintilações: os vadios da cidade que às vezes vinham nos provocar estavam armados de facas curtas de dois gumes que chamávamos de "finlandesas", e naquela noite, já no escuro, o choque de uma lâmina contra a barra de ferro fez saltar uma minúscula faísca azul-esverdeada. Ainda não sabíamos que essas brigas eram, de fato, um modo de a canalha local nos testar. Era entre jovens como nós que se recrutavam aqueles que não tinham nada a perder nem alguém para amar. Esse clarão de faíscas fixou em meus olhos o rosto chato, feio, de um dos assaltantes. Alguns dias depois, eu cruzaria com ele perto da estação. Estendia um isqueiro para o homem bege.

Era dessa estação que eu partia para o povoado onde vivia Alexandra. Não voltara a vê-la desde as festas de maio, e já estávamos no fim do mês. Os passageiros falavam de um incêndio que havia pouco destruíra um depósito da estrada de ferro, o vento quente tinha um gosto acre de resina calcinada... Não encontrei Alexandra em casa, desci, contornei a casa e a avistei, ao longe, parada ao lado dos trilhos. Estava de costas para mim, mas eu adivinhava seu gesto: a mão como viseira, olhava as nuvens de fumaça acima das altas construções do armazém. O movimento dos trens estava interrompido, os capacetes dos bombeiros reluziam no meio dos trilhos, ouvia-se o estalar das vigas que desabavam, o assobio dos jatos d'água. De tempos em tempos, o eclipse contornava através da fumaça um fantasma de sol, o dia congelava no contraste preto e branco de um negativo. Depois, a vivacidade das chamas e a intensidade do céu se derramaram nesse crepúsculo momentâneo. Perto de um para-choque, entre os trilhos, os cachos de um lilás pareciam florir no dia de um outro mundo.

A silhueta de Alexandra se perdia diante da altura da fumaça, diante do horizonte de planícies para onde conduziam os trilhos desertos. Eu a observava, e acreditei compreender melhor que nunca quem ela era. Lembrei-me das palavras do velho tártaro Yussuf, seu vizinho: "Sabe, Alexandra, vocês, os russos...". Ele tinha razão. Essa mulher de pé no meio dos trilhos, o olhar parado nas chamas, era russa. O tempo tinha apagado nela o que ainda poderia distingui-la da vida deste país, de suas guerras, suas dores, seu céu. Ela fazia parte dele, como a ondulação de uma moita de ervas em meio à agitação infinita da estepe. Ela inventara para si uma pátria longínqua e uma língua. Mas sua verdadeira pátria era aquele quarto minúsculo numa velha casa de madeira meio destruída pelas bombas. Essa casa e o infinito das estepes ao redor. O lugar onde ficaria retida para sempre, prisioneira de uma época feita de guerra e sofrimento. Eu me senti cambalear na fronteira desse passado, correndo o risco de me deixar arrastar para seu abismo negro. Precisava me afastar, fugir.

Uma bola de fogo cheia de franjas de fuligem se elevou por cima do armazém. Assustado, recuei, reencontrei com o olhar inquieto a silhueta de Alexandra, que continuava lá, imóvel. E fui embora às pressas, saltando sobre os dormentes. Tinha medo de vê-la se virar, me chamar...

No trem, pensei na língua que ela me ensinara. Suas palavras, eu sabia, não podiam designar nada no mundo que nos cercava. Lembrei-me de Muzá, de sua beleza, do homem bege, do relato do aluno que os tinha espionado... Um dos últimos poemas que eu descobrira nas ruínas da biblioteca de Samoilov falava de um casal de apaixonados brincando num "prado de mil flores matizado". Senti, de repente, quase uma aversão pela pieguice desse arranjo de palavras. Por trás do vidro do carro eu escutava a monotonia da estepe, seca e nua, ensanguentada pelo poente.

Tinha aprendido então uma língua morta.

De volta ao orfanato, notei a ausência de Caipira, que não apareceu para jantar. Encontrei-o no meio do salgueiral da margem, num dos locais de pesca. Ele ficou irritado ao ser surpreendido fabricando um brinquedo de criança: uma jangada feita de gravetos que ele amarrava com tiras de casca de árvore. Os restos das brasas de uma fogueira fumegavam fracamente. Para não perder a compostura, ele me explicou com uma piscadela: "Isso vai flutuar no rio, depois, epa, no Volga, e de lá, se um lúcio não engolir, vai direto para o Cáspio. Entendeu?, os persas vão recolher um dia!". Com um graveto, retirou da brasa alguns tições ainda vermelhos, colocou-os sobre a jangada e depositou-a na água. Ficamos um longo tempo seguindo no ar violeta do crepúsculo aquelas luzinhas se distanciando.

Na vereda que subia para o orfanato, ele me confiou num tom meio confuso: "Sabe, o barco onde aquele salafrário e Muzá... enfim... aquele barco, eu afundei...".

Vinte anos depois, quando comecei a escrever, imaginava fazer desse entardecer na companhia de Caipira um romance sobre as últimas vinte e quatro horas da vida de um jovem. Porque ele morreria na noite seguinte. Um tema de efeito, pensaria, a quintessência de uma vida revelada em meio à banalidade calma de um crepúsculo de maio. Nunca o escrevi, adivinhando sem dúvida a falsidade de tamanha utopia. Em vez de reinventar essas vinte e quatro horas para lhes desvendar o sentido, era preciso reter o pouco que eu sabia e dizê-lo evitando qualquer tentação filosófica.

Na noite do dia seguinte (era um domingo), apareceu o mesmo bando de marginais "recrutadores" que, dessa vez, nos convidaram a beber cerveja. Visivelmente, entre o bastão e a cenoura, procuravam nosso ponto fraco. Não rejeitamos, alguns querendo bancar os durões, outros, todos talvez, prontos a corresponder à menor promessa de amizade. Eles também beberam e provavelmente não tinham previsto a briga que começou com um copo derrubado, uma ofensa, um tapa. Ou então, ao contrário, era tudo calculado para nos dividir entre os que morderiam a cenoura e os que resistiriam.

Nossas únicas armas eram os cinco copeques afiados como lâminas, depois uma barra de ferro arrancada de um dos bandidinhos, um caco de garrafa... Eu já sabia que o corpo a corpo só funcionava nos filmes e que essa briga se pareceria com as precedentes: um pisoteio desajeitado, socos falhados, a falta de compaixão pelos que caíam, a alegria animal diante de um sinal de fraqueza. O álcool tornou o combate ainda mais feio. Tínhamos a impressão de estar meramente salvando a pele. Um dos nossos já estava no chão, enrodilhado feito um escaravelho para evitar golpes na cabeça.

Eu observava Caipira durante um segundo de repouso quando, com um caco de garrafa na mão, consegui impor respeito a meu adversário, sem fôlego como eu. Caipira voltava do rio, atraído sem dúvida por nossos estertores. Eu o vi jogar suas linhas, pegar uma grande pedra e precipitar-se na nossa direção. Tornaria a vê-lo alguns minutos depois (tive tempo de cuspir um pedaço de dente).

O ataque dos malandros tinha inexplicavelmente arrefecido, eles recuavam, um deles os incitava a partir com tapas nas costas. Por fim, saíram correndo por um terreno baldio, deixando-nos essa vitória inesperada. Nós rimos, enxugamos o sangue, comentamos os melhores golpes... De repente, ouvimos aquela voz. Vimos Caipira sentado, os braços largados no chão, o olhar parado e, assim nos pareceu, atônito. Ele não gemia, mas de seus lábios saía um balbuciar molhado como o de um bebê. Alguém tocou no seu ombro. Caipira oscilou ligeiramente para trás. Nós o rodeamos, agachados, incomodados com aquele olhar vidrado, apalpamos desajeitados seu peito, sua cabeça... Todos aqueles braços que o agarravam pareciam querer segurá-lo numa borda escorregadia. Um dos nossos ainda teve tempo de brincar falando de um copo de vodca, mas já se via sob a camisa desabotoada um filete de sangue e o brilho cinzento da lâmina – de um "punhal finlandês" – que quebrara nos copos.

Da nossa corrida desenfreada para o orfanato e dos minutos que se seguiram, lembro-me apenas daquele tamborilar desesperado na porta da enfermaria: tínhamos esquecido que era domingo.

Vivi os dias seguintes na obsessão de um gesto, de um pensamento que essa morte esperava de mim e que eu não conseguia encontrar. Um gesto marcante, grave. Mas tudo que aparecia me feria com sua insignificância. No dia seguinte, como se nada tivesse acontecido, às nove horas em ponto, a enfermeira abriu a porta da sua sala. Dois dias depois, ordenaram que retirássemos nossas velhas carteiras das salas de aula e ninguém notou, entre essas tabuletas cobertas de desenhos e inscrições, a de Caipira. Insignificante também era aquele cálculo febril dos acasos: se eu tivesse tido a ideia de levar naquele dia o punhal *Misericordia*, talvez... Eu sabia, porém, que um golpe com barra de ferro teria cortado como vidro aquela lâmina afiada.

Consegui me libertar dessa verborragia do remorso quando, uma noite, no começo de junho, me lembrei da jangadinha que Caipira lançara numa navegação noturna. De repente, pareceu-me que era muito importante imaginar aquela minúscula embarcação carregada de algumas brasas, de não interromper na lembrança sua lenta progressão rumo ao Cáspio. Acreditar que ela flutuaria para sempre.

Na hora do enterro, todos notamos que não havia ninguém a ser avisado da morte de Caipira. A ideia não era nova, mas seu aspecto absoluto, cósmico, nos atingia: sobre o globo terrestre, ninguém! As palavras do padre ouvidas no inverno anterior despertaram então em mim: "Aqueles por quem ninguém ora". Imaginei de novo a jangadinha, o avermelhar da brasa se afastando na noite, sob o imenso céu do Volga.

4

O céu branco de calor, a letargia eterna das estepes, um pássaro agitando as asas sem poder avançar nesse vazio tão denso. Progredíamos como ele, sem outra referência além da imensidão das planícies e do horizonte liquefeito pela corrente de ar superaquecido. A enorme escavadeira que nos precedia desventrava a crosta terrestre com suas rodas, traçando uma linha reta interminável. Cobertos de poeira, ensurdecidos pelo rugido da máquina e pelo rangido das pedras trituradas, arrastávamos compridas costaneiras de pinheiro que os operários usavam para reforçar as paredes do futuro canal de irrigação. Como se na vã esperança de reter, com essa armação efêmera, a precipitação estática do infinito... De noite, media-se o cansaço pelo zumbido de uma abelha que se debatia contra as paredes do barracão e ninguém tinha forças para expulsar. Seria preciso se levantar, o corpo espremido contra os tabiques, sacudir uma camisa, tocar o inseto para a porta... Mas já se estava dormindo, e o zumbido virava o primeiro sonho.

Fundir-se nesse deserto de luz era o melhor esquecimento, o melhor luto, o melhor esquecimento do luto. Falávamos bem menos que nos anos anteriores, quando ainda víamos nesses trabalhos forçados um purgatório promissor. Agora sabíamos que o futuro não seria muito diferente de nossa marcha cotidiana atrás da escavadeira, do traçado absurdamente teimoso dessa vala cujas paredes tinham de ser incansavelmente reforçadas.

Um dia, a escavadeira começou a expelir, junto com os torrões de terra, restos humanos, crânios, botinas de soldados, capacetes da última guerra. Noutro, foram ossadas bem mais antigas, elmos, espadas roídas pela ferrugem... Um milênio separava talvez esses guerreiros. Mil anos de sono. Dez séculos de nada. Quando, no dia seguinte, a máquina se afastou das sepulturas escavadas, vimos os arqueólogos que chegavam aos sítios – um punhado de pontos negros perdidos no vazio ensolarado da planície.

Como nos verões anteriores, nosso trabalho era ocasionalmente interrompido: fantasiavam-nos com camisetas brancas e calças limpas e nos levavam para fazer figuração em vastas esplanadas onde visitantes ilustres pronunciavam discursos diante de estelas comemorativas e obeliscos de concreto. Assim, tivemos um dia o privilégio de ver, de longe, como sempre, o dirigente norte-coreano. Ele lia demoradamente num maço de folhas que o vento quente, muito forte naquele dia, ameaçava arrancar de suas mãos a qualquer momento. O homem, raquítico e ligeiramente curvo, lutava contra sua agitação como um marinheiro que não consegue domar uma vela... Houve também aquele chefe de Estado africano que resolveu se exprimir em russo e falou bem devagar, destacando as sílabas, errando a pronúncia. A brancura esverdeada da flecha do memorial se destacava contra o negrume do céu carregado de tempestade. O rugido preguiçoso do trovão além do rio parecia o abafamento de um riso que se quisesse reprimir. Mas nós não cochichávamos: os fotógrafos precisavam de nossas fileiras imóveis e dos rostos virados na mesma direção... Anos depois, quando me acontecia cruzar com velhos camaradas, lamentávamos não ter prestado mais atenção nos personagens convidados. Com o tempo, eles poderiam ter sido reconhecidos, ainda presentes na vida política, ou passado para as páginas dos livros de história. Mas, na época, esperávamos apenas o momento em que nossa paciência seria recompensada com um mergulho no Volga. Naquele verão, nem esses banhos provocavam mais o entusiasmo ruidoso de outrora.

O vidro do postigo da porta de nosso barracão estava quebrado, e toda noite, antes de adormecer, víamos um lindo espectro solar provocado pela rachadura, uma longa cauda de pavão inundando, de repente, por alguns minutos, o interior abarrotado de nosso alojamento, deslizando para os pregos dos quais pendiam nossas roupas cobertas de pó. Uma noite, esse arco-íris não se formou. Estávamos no fim de junho, o ângulo dos raios tinha mudado. Ninguém falou nada, mas notei olhadelas frequentes para o nosso "vestiário", que ficara sombrio. No esquecimento total do tempo, o salutar esquecimento que a estepe nos oferecia, lembramos, de repente, que aquele era nosso último verão juntos.

Na manhã seguinte, bem perto do traçado do canal, descobrimos aquela cruz de madeira com um capacete pendurado num dos braços. Nós a rodeamos, intrigados pelo anonimato e pela solidão daquele túmulo no meio da vastidão das planícies ofuscadas pelo sol. Estávamos habituados a ver montanhas de concreto celebrando a morte, inscrições douradas, efígies de heróis. Ali, aqueles dois galhos de bétula com a casca rachada, um outeiro há muito aplainado pelo tempo. Curiosamente, a visão desse túmulo não causava nenhuma angústia, não convidava a partilha de um pesar. Tinha mesmo alguma coisa de leve, de aéreo, quase displicente, nessa cruz. Sua presença nesse lugar (por que ali, e não trezentos quilômetros ao norte ou ao sul?), o acaso humano daquela presença parecia indicar que o essencial se passava alhures, e não sob aquele retângulo de terra...

Do outro lado do canal, um inspetor nos chamou: "Depressa, vamos sair! Uma cerimônia...". Era a fórmula consagrada para a nossa figuração.

Ela começou mal dessa vez. Gastamos cinco horas para chegar ao local, e, fantasiados de bons e bravos pioneiros com lenços vermelhos no pescoço, ficamos esperando, trancados no ônibus, no acostamento de uma estrada. Visivelmente, não sabiam muito bem se precisariam de nós ou não. Em outras épocas, teríamos urdido uma revolta, exigido pão, simulado uma crise coletiva de diarreia. Nesse dia, cada um estava imerso em seus pensamentos, alguns tentando dormir, outros se refugiando na lembrança de um dia, um sorriso. Os inspetores pareciam mais inquietos que o normal. Contudo, pelos rumores, tratava-se apenas da visita de um general. Nós, que já tínhamos visto marechais e até um cosmonauta...

Um oficial de terno preto subiu, de repente, no estribo do ônibus e soltou um grito meio que sussurrado: "Depressa! Desçam, eles estão chegando. Depressa, todos alinhados!". Tinha o rosto vermelho, com ar de pânico.

A passo acelerado nos levaram para um grande terreno no alto de uma colina que já enquadrava vários destacamentos de jovens figurantes. Um dos ângulos desse quadro vivo parecia desguarnecido; taparam-no com a nossa tropa. Já instalados, dei uma espiada para trás: ao longe, uma construção inacabada exibia os buracos vazios das janelas. Estávamos ali, portanto, para escondê-la dos visitantes... Agora era preciso, sabíamos todos por experiência, cair mais que depressa num torpor que permitiria não sentir o ardor do sol, nem a sede, nem a absurda duração da cerimônia. Concentrar-se na forma daquela nuvem que se alongava docemente, muito docemente...

Foi uma rápida crispação muscular ao meu redor que me tirou do meu torpor repentinamente. Por causa de nossa existência comunitária, tínhamos reflexos sincronizados. Recobrei a visão, observei a esplanada. Uma multidão de notáveis, com certeza os dirigentes da cidade, já estava presente, virada para a outra extremidade da praça, ali onde o enquadramento de camisetas brancas se interrompia deixando uma larga entrada. O olhar de todos os meus camaradas estava fixo nessa abertura. Um grupo bastante numeroso avançava em passo lento, como sempre acontecia nesse gênero de cerimônia; não havia, portanto, nada de extraordinário nessa procissão...

De repente, vi o que havia de extraordinário.

Minha primeira impressão foi a mais inverossímil e, contudo, a mais exata. "Os liliputianos conduzem Gulliver capturado..." O homem que caminhava no meio do grupo sobressaía em relação aos outros na altura em pelo menos uma cabeça. Ou melhor, viam-se sua cabeça e seus ombros acima do vaivém dos rostos que o cercavam. Busquei o brilho dos galões de general, um boné com insígnia, como imaginava pelo uniforme dos generais do nosso exército. Mas o gigante, que desde o primeiro instante esteve no centro da cerimônia, usava um terno escuro sem nenhuma alusão hierárquica. Havia, talvez, justamente em sua atitude, na maneira um tanto rígida de colocar os pés no chão, no porte firme do corpo, alguma coisa de militar. Constatei, aliás, à medida que ele se aproximava, que não era a estatura excepcional que o colocava no centro, mas a maneira de moldar o espaço ao seu redor.

Eu já avistava seu rosto, cuja expressão lembrava a de um velho elefante sábio e desiludido, as pálpebras que se erguiam devagar revelando um olhar de surpreendente vivacidade. Bem perto de mim, ouvi de repente alguém murmurar com temor e admiração: "Viu o nariz dele?". Esse poderoso relevo fascinava na região das estepes, onde prevaleciam os rostos achatados da Ásia. Mas o cochicho entusiástico queria dizer, na verdade, outra coisa: a vinda de um homem como aquele não podia deixar de provocar um acontecimento grandioso.

E esse grandioso acontecimento veio. Do grupo dos notáveis da cidade, destacou-se um homem de fisionomia banal de chefe de colcoz, e ele caminhou na direção do velho gigante que acabara de estacionar com seu séquito no meio do terreno. Apesar de nossa posição de sentido, percebi como um ligeiro estalar das vértebras: todos os pescoços se esticaram na direção do incrível espetáculo.

Porque o chefe do colcoz, ou o que quer que fosse, trazia, segurando pelas guelras, um enorme esturjão. Ele mais parecia dançar com o monstruoso peixe cuja boca apontava para o seu rosto e cuja cauda ameaçava se enrolar em suas panturrilhas. O peso do animal obrigava o dançarino a esticar o corpo para trás a passo irregular como num estranho tango sincopado. Ele já se aproximava do gigante. Todos prenderam a respiração.

Ainda a uns passos de distância, produziu-se uma ilusão de óptica. O esturjão começou a encolher, a parecer menos comprido, menos pesado. Enfim, quando o presente chegou às mãos do hóspede, o corpo prateado do peixe parecia quase magrelo. Ele foi exibido ao público como um belo troféu de pesca, erguido sem esforço aparente. Os aplausos saudaram a força sorridente do gigante. Um dirigente que viera de Moscou avançou então para o microfone e começou a falar, o olhar grudado nas folhas datilografadas.

Eu não via nem o orador, nem a multidão de notáveis. Acabava de adivinhar o verdadeiro segredo do velho gigante. Naquele instante, depois de confiar o peixe a um dos assessores, ele aproveitara o barulho da aclamação e, com destreza de prestidigitador, sempre assentindo com a cabeça às palavras que seu séquito lhe dirigia e que ele não escutava, enfiara a mão direita no bolso do paletó, puxara um lenço e enxugara rapidamente as pontas dos dedos, sem dúvida pegajosas do visco do esturjão. Fui talvez o único a perceber seu gesto, e esse detalhe guardado me deu a sensação de penetrar seu mistério: sua solidão. Ele estava cercado, aclamado, se prestava de bom grado a todos os jogos diplomáticos, aceitava até aquele monstro viscoso e sabia, por instinto, durante quantos segundos era preciso exibir o presente antes de passá-lo ao ajudante. Estava muito presente. E, contudo, muito longe, numa grande solidão sonhadora.

Agora, ele ouvia o discurso, uma orelha perto da boca do intérprete obrigado a se esticar na ponta dos pés. Quanto mais pomposas ficavam as palavras, mais seu rosto parecia distante. De vez em quando, sob as grossas pálpebras, um olhar brilhava e, como um projétil luminoso, visava o aglomerado de notáveis, atingia as fileiras de camisetas brancas, acertava o orador. Em certo momento, seus olhos pousaram em nosso grupo, as sobrancelhas se ergueram de leve, como numa suposição que gostaria de confirmar. Mas o orador já dobrava as folhas de papel sob os aplausos disciplinados da assistência. O velho gigante, com passos medidos, a cabeça inclinada num gesto de concentração, dirigiu-se ao microfone que um técnico elevou rapidamente. Não sacou nenhum papel, e entre os funcionários do partido correu um pequeno frisson de ansiedade: as palestras improvisadas eram por essência subversivas.

Ele falou. E eu tive a certeza de ser o único a compreender a língua que se fez ouvir. Era a que eu acreditara morta. O francês.

Pensando bem, a impressão de ser o único ouvinte não era falsa. Os notáveis eram incapazes de ouvir discursos não escritos. O círculo do gigante acreditava saber de antemão o que se ia dizer. Os jovens figurantes de lenços vermelhos percebiam a música, bela e vigorosa, às vezes retumbante até de suas frases, mas não o sentido. Os intérpretes zelavam pela sintaxe.

Ele dizia o que era preciso dizer numa cerimônia daquele tipo, à sombra pesada de um monumento de concreto, sobre o solo repleto de aço e despojos de guerreiros. Mas, iniciado em seu segredo, eu acreditava ouvir uma voz silenciosa dissimulada por trás da ampla cadência do discurso. Ele falava dos milhares de heróis, mas a voz oculta lembrava não esses milhares sem nome nem rosto, e sim talvez aquele que jazia sob nossos pés. Ele evocava o reconhecimento dos povos, mas uma amargura perceptível deixava adivinhar que sabia o quanto um povo pode se mostrar ingrato para com aqueles que lhe doam a vida...

Em certo momento, produziu-se um movimento no seu séquito. Uma boca murmurando numa orelha, um olhar consultando discretamente o relógio... Os diplomatas acabavam de perceber, com certeza, que a programação da visita estava atrasada. Orador aguerrido, o gigante ignorou a agitação, virou um pouco a cabeça na direção do conciliábulo, uma sobrancelha arqueada como para dizer: "Silêncio nas fileiras!". A visão dessa gente em seus ternos elegantes o irritou. O ritmo de suas palavras não mudou. Foi sua voz silenciosa que de repente ficou ainda mais audível, aflorando nos lábios. "Olhem só esses burocratas! Já estão contando o tempo para o rega-bofe. Será que sabem quanto tempo era necessário para uma companhia tomar esta colina? E quantos homens era preciso abater para tomá-la? Sabem vocês quantas eternidades dura cada segundo quando a gente se arrasta no chão e se lança sob fogo cerrado?"

Ele se calou de repente. Alguém achou que era o fim do discurso. Duas ou três palmas ecoaram sem convicção. Então todos congelaram, o olhar cravado naquele homem no meio da praça. Sua imobilidade fazia dele uma pedra altaneira, indiferente à agitação humana. Nesse silêncio caído, nos parecia, do céu, ouvir o sopro forte do vento quente varrendo a planície.

Durante alguns instantes, o velho gigante dirigiu o olhar para longe, para além de nossas cabeças, além da construção inacabada que quiseram esconder dele, além do Volga, para a solidão infinita das estepes. E acreditei que ele via inclusive a cruz feita de dois galhos de bétula, sobre um túmulo desconhecido.

Esse minuto de silêncio (na verdade, seis ou sete segundos) era muito provavelmente involuntário, mas mudou o sentido da cerimônia. O gigante despertou e, num acorde final mais enfeitado que as palavras precedentes, falou da vitória, da honra, da pátria. Ele ergueu os braços, e nosso coração acompanhou o movimento.

Os aplausos, talvez pela primeira vez numa cerimônia desse tipo, eram sinceros.

Os oficiais o rodearam e, recriando a escolta de liliputianos, começaram a rumar para a descida. Mas com a arte de fazer o espaço se curvar à sua vontade, ele rompeu o círculo e caminhou a passos largos ao longo do grupo formado pelos jovens. Passava-os em revista. Os figurantes de camiseta branca abriram largos sorrisos, cada um agitando o cravo que recebera para a ocasião. O gigante passava fitando-os com uma sombra de decepção. Diante do nosso grupo, ele parou. Não tínhamos flores e não sorríamos, permanecendo em posição de sentido. Não sei se ele compreendeu quem éramos, com aqueles rostos lisos, os cabelos raspados, a pouca diferença entre rapazes e moças. Acho que sim. Deve ter compreendido, em todo caso, que vínhamos de uma outra época, a época que se tentava enterrar sob o concreto do memorial. A época que lhe era cara. Ele nos olhou, balançando a cabeça e apertando os olhos, como para dizer: "Resistam!". E nós o vimos se afastar, não com seu séquito mas com um militar idoso. Nenhum dos dois tinha necessidade do intérprete que se misturava entre eles. O militar fazia gestos largos explicando, sem dúvida, o movimento das tropas, a localização das peças de artilharia, as investidas das divisões blindadas. O velho gigante aprovava, compensando com as mãos os atrasos do intérprete ultrapassado...

Ao inspetor que nos esperava perto do ônibus, eu disse com o ar de um condenado à morte que faz seu último pedido: "Preciso ver alguém na cidade. Minha tia... Se não me deixarem sair, irei de qualquer jeito". Ele me observou atentamente, medindo a fronteira instável entre a submissão ilimitada de que costumávamos dar prova e a revolta que podia estourar no momento mais inesperado. Naquele momento em que nos prometiam para o dia seguinte toda uma manhã de banho no Volga. Bom psicólogo, sentiu que se tratava de um caso excepcional. "Se amanhã você não aparecer, te entrego à milícia como fugitivo, será a colônia de reeducação. Fique avisado. E agora cai fora, ainda pode pegar o último trem. Espere, pegue isto para a passagem."

No dia seguinte, Alexandra ligaria para ele e, alegando insolação e febre alta, ganharia para mim alguns dias, que eu passaria com ela e que contariam mais que certos anos.

Cheguei perto das dez da noite e, sem maiores explicações, contei tudo a ela, com a pressa esbaforida que poderia ser justamente tomada como febre ou um começo de embriaguez. A janela que dava para os trilhos da estrada de ferro estava aberta, ouvia-se o martelar surdo de um trem chegando do Ural. Ela preparou o chá, acendeu a luz. Só adivinhei sua emoção quando, com voz muito calma, calma demais, perguntou: "E do que ele falou?".

Inspirei profundamente, e de repente senti uma violenta sufocação de mudez. Podia contar daquele lenço que enxugara o visco do esturjão. Lembrava-me dos menores gestos do velho gigante. Guardava na memória até o instante em que, no meio do discurso, a forma de um verbo, velho conhecido de meus ouvidos, aparecera (algum *naquit* ou simplesmente *fut*)* e me chocara como a aparição de um réptil pré-histórico. Teria sido fácil dizer: "Ele falou da guerra, da vitória, do reconhecimento que os povos reservam a seus heróis...". Mas o essencial não estava nisso, e sim naquela voz silenciosa que eu pensava ter ouvido, naquele olhar dirigido para a cruz esquecida no meio da planície... Como dizer isso? E além do mais, seria real ou sonhado?

Notando minha perturbação, Alexandra achou que eu não tivesse conseguido acompanhar a linguagem oral ou que o conteúdo daquele discurso fosse complexo demais para um adolescente da minha idade. Foi com certeza para me tirar do embaraço que ela disse num tom de reminiscência longínqua: "Ele já tinha estado na

* No original, *naquit* e *fut*, formas verbais do passado simples, tempo verbal de uso mais literário e menos coloquial, que significam "nasceu" e "foi". [N. T.]

cidade. Em 1944. É, no outono de 1944. O hospital estava abarrotado, trabalhávamos dia e noite. Mas nós tínhamos falado dele pela primeira vez muito antes...".

"Nós quem?", perguntei, saindo do torpor.

"Nós, eu e... Jacques Dorme."

Minha "insolação" durou menos de uma semana. O destino de Jacques Dorme, o esboço fragmentário desse destino, teve tempo de se entrelaçar para sempre ao que eu era. O relato de Alexandra, naquele julho de 1966, foi daqueles que só se podem fazer uma única vez na vida.

Quatro anos e alguns meses depois da cerimônia na esplanada, fiquei sabendo da morte do velho gigante. O olhar que abarcava a estepe para além do Volga e aquele minuto de silêncio que ele sustentara acabavam de se fundir na eternidade. Vejo ainda a banca de jornal perto da ponte Anitchkov, em Leningrado, a página com o seu retrato, o comunicado de sua morte. Os liliputianos venceram, pensei, comprando o jornal. Eu ainda não imaginava a que ponto essa fórmula era justa. Mas já era suficientemente adulto para saber que aquela morte fora precedida pela traição de uns, pela covardia de outros. Sobretudo pela ingratidão de um país cuja honra ele outrora salvara.

Na minha memória, porém, ele permaneceria íntegro: um velho gigante no meio de um antigo campo de batalha e que presta homenagem aos guerreiros tombados. Apenas uma frase dele que, bem depois, eu descobriria num livro se acrescentaria a essa visão, como para responder à pergunta de Alexandra, que queria saber de suas palavras: "Agora que a baixeza se espraia, eles olham o céu sem empalidecer e a terra sem corar".

5

Naquele dia desapareceu toda a distância entre o penoso dever de viver e a calma aceitação de morrer.

Um dia de maio de 1942, a uns trinta quilômetros de Stalingrado, o calor denso como piche, trilhos cobertos de curativos sujos, estilhaços de obuses, imundícies. Um comboio acaba de ser atingido. Os ferroviários tentam soltar o vagão-tanque em chamas para rebocá-lo até a garagem. O petróleo queima, mergulhando os arredores numa noite perfurada por um sol violeta. O movimento dos trens fica irregular mas não para – é tudo o que conta. Comboios para o oeste: soldados, obuses, armas. Comboios para o leste: a carne mutilada, digerida pelos combates. A gigantesca cozinha da guerra, um imenso caldeirão que a todo minuto é preciso alimentar com toneladas de aço, petróleo, sangue.

Alexandra se vê cercada entre a muralha de vagões-tanque imobilizados e os vagões que avançam no trilho ao lado. Se o fogo se propagar, o entroncamento ferroviário será um braseiro de um quilômetro de extensão. Seria preciso deitar no chão, arrastar-se sob o comboio, sair do outro lado, fugir. Ela não se mexe, fixa seu reflexo no flanco do vagão-tanque reluzente de petróleo. Muda, de repente se articula nela o seu nome, o nome verdadeiro e o sobrenome francês. Sua vida extraviada aqui, neste crepúsculo ao meio-dia, neste país estrangeiro que agoniza a sua volta. O ar pardacento, os gritos dos feridos, seu próprio corpo dissolvido no calor, a sujeira, a brutalidade do esforço, a asfixia. Ela pensa que a morte não conseguirá desembocar jamais numa tortura tão rica. No fim do comboio a fumaça engrossa, não se veem mais os trilhos...

Seu reflexo começa a deslizar, desaparece. Conseguiram dividir o comboio em dois, afastar a parte em chamas. A vida pode recomeçar. Uma vida que se confunde muito bem com a morte.

Por entre o martelar das rodas, escuta uma voz chamar: "Churá!". Ela volta a sua vida russa, retoma o trabalho. Junto com outras mulheres, deslinda, dia após dia, a alternância dos comboios, o vaivém das locomotivas. Tudo se passa na tensão dos nervos expostos, em meio a uivos e pragas, no esquecimento da exaustão, da fome, da sede. Um maquinista a xinga, ela responde com um resmungo breve e eficaz. Uma colega a ajuda a descer um morto do comboio dos feridos. Elas o seguram, colocam-no sobre uma pilha de dormentes velhos. Os olhos abertos do homem parecem animados, exibindo a ascensão da fumaça do petróleo incendiado. Dois outros comboios a encerram entre suas muralhas, um vai para o oeste (o uivo de um bandônion, o rosto sorridente de um soldado que, com as mãos imitando um alto-falante, a pede em casamento); o outro para o leste, silencioso (numa janela, a cabeça toda envolta em bandagens, a boca que tenta apanhar um pouco de ar). E ela, entre essas duas muralhas em movimento, um semblante de solidão e repouso. E este pensamento: Por que me prender neste inferno? Olha sua mão direita, os dedos mutilados num bombardeio. Os pés nas grossas botas de soldado. Ela adivinha, sem ver, a máscara ressecada e envelhecida de seu rosto.

Os trens se afastam quase no mesmo instante. Um homem caminha transpondo os trilhos com uma pernada, agitando tranquilamente uma mala, sem se preocupar com as manobras caóticas dos comboios. Usa um traje bizarro, meio militar, meio civil. Seu andar largado, os olhares que lança ao redor o fazem parecer um pacato transeunte de domingo, caído por acaso nesta jornada de guerra. Por alguns segundos ele some atrás da bola de fumaça, depois reaparece, escapa por um triz de uma locomotiva, continua a excursão. Um espião alemão..., pensa Alexandra, recordando os incontáveis cartazes que convidam a desmascarar esses inimigos que se lançam de paraquedas – em massa, ao que parece – na retaguarda. O homem observa, usando as mãos como viseira, o voo rápido de um caça por cima das chamas, depois se dirige ao pátio de manobras. Não, folgado demais para um espião. Esse aí vai acabar embaixo das rodas de uma dresina ou deste trem que surge rasgando a fumaça. Alexandra sai correndo na direção do homem, fazendo sinal para que se afaste, tentando superar com seu grito o rangido dos trilhos. Ela o agarra, empurra, os dois tropeçam, fustigados pelo sopro do trem. As palavras que ela lhe dispara também assobiam como açoites. Palavras secas, grosseiras, que fazem sua voz parecer de homem. Ela sabe que são feias, que ela mesma deve parecer muito feia aos olhos desse veranista extraviado, mas precisa desse desgosto, procura essa dor e esse mal sem saída. O passante aperta os olhos, como num esforço de compreensão, nos lábios um sorriso. Ele responde, explica com calma, com uma polidez incongruente, de uma outra era. Fala corretamente, mas essa correção justamente se nota. Ele tem sotaque, ela pensa, e de repente, aturdida, incrédula, acredita adivinhar qual é esse sotaque.

Eles ainda têm tempo de trocar algumas palavras em russo, mas o reconhecimento já se fez, ou melhor, uma rápida série de reconhecimentos: o timbre da voz, o gestual, um gesto que seria diferente num russo. Começam a falar em francês, e é ela agora que tem a impressão de falar com sotaque, depois de vinte anos de silêncio nessa língua.

O mesmo inferno os rodeia, o mesmo labirinto móvel de comboios, o mesmo rangido de aço que tritura sobre os trilhos o menor grão de silêncio, as mesmas hélices que, acima de suas cabeças, laceram o céu, e essa fumaça que faz passar sobre seus rostos a sombra dos dias desconhecidos. Eles não reparam em nada disso. Quando o barulho afoga suas vozes, apenas adivinham as palavras no movimento dos lábios. Ele fica sabendo que ela é enfermeira mas que, ferida há três semanas, foi enviada a este pátio de manobras. Ela sabe que na estação de Stalingrado ele errou de direção e não conseguiu se reunir à esquadrilha para a qual fora designado. Contudo, naquele momento, mais que o sentido é a sonoridade das palavras que importa, a simples possibilidade de reconhecê-las, de ouvir de viva voz aquelas palavras francesas. Dizer o nome daquela cidade, perto de Paris, onde ela nasceu, de uma outra, perto de Roubaix, a cidade dele. Nomes que soam como senhas.

Eles guardarão a sensação de não terem se separado. Às três da manhã, falarão ainda, sentados num cômodo sem luz, diante do chá frio. Em certo momento, perceberão que a noite clareou e o dia nasceu através da parede destroçada. É claro que se separaram depois do encontro no meio dos trilhos: ele continuaria sua pesquisa, ela correria para a dresina dos bombeiros. Tiveram o tempo justo de marcar um encontro bem tarde naquela noite. Mas para eles, agora, existe um tempo diferente, ininterrupto, invisível para os outros, frágil como aquela claridade que escoa pela fenda da parede, como o frescor de uma cerejeira-brava sob a janela aberta.

Não teriam precisado dizer o que se disseram, ele falando da esquadrilha (defesa secreta!), ela confessando seu temor (derrotismo!): "Se os alemães atravessarem o Volga, a guerra está perdida...". Mas falaram em francês, com a sensação de usar uma língua codificada, feita para confidências, e que os distanciava dos trilhos cobertos pela fumaça.

Ela mede esse distanciamento sobretudo agora, perto das três da manhã. A primeira claridade do céu, o perfume da cerejeira, um vento fresco chegando do Volga. O rosto do homem diante dela, o chá forte nas xícaras, o chá que ele trouxe e cujo sabor ela havia muito esquecera. Mesmo os instantes de silêncio entre eles são diferentes do silêncio que ela costuma ouvir. Mas o inferno está próximo, a algumas centenas de dormentes daquela casa. A partir das cinco horas, ela se entregará ali. O homem irá se juntar a sua companhia. Ela o ouve contar sobre os últimos dias antes da guerra, em agosto de 1939, passados em Paris. Ele saía do cinema (acabava de assistir a *Toute la Ville danse*: "Nada mau... Uma bela música") quando, por trás do vidro de um escritório, viu aquela mulher loira escondida numa máscara de gás falando ao telefone. Um treino... Eles riem.

Não há nenhuma sequência no que confidenciam um ao outro. Eles têm anos demais, rostos demais a evocar. Na escuridão, ela tem menos pena de falar da dor que traz em si e que a sufocava ontem, quando se encontraram. Conhecera a mesma angústia sete anos antes. Seu marido ("meu marido russo...", explica) acabara de ser preso e fuzilado depois de um processo que durara vinte e cinco minutos. Ela então desejara a morte, pensara nela com uma espécie de gratidão, tinha imaginado outra solução: fugir da cidade siberiana onde o tinham exilado, fazer o impossível, voltar para a França. Esse pensamento a mantivera viva. Ela tinha rastreado as mínimas notícias chegadas da França. Um dia, encontrara aquela coletânea de textos: uma dezena de escritores franceses traduzidos para o russo. O primeiro se intitulava: "Stálin, o homem através do qual se vê o mundo novo". Depois, aquele poema com o título "Hino à GPU".* Os versos celebravam a polícia secreta que tinha matado seu marido, entre milhões de outros... Lera a coletânea até o fim, sem conseguir imaginar o tipo humano daqueles franceses, imaginar o

* GPU, *Gossudárstvennoie Politítcheskoie Upravliénie* [Administração Política do Estado], polícia secreta soviética que atuava na década de 1920. [N. E.]

olhar que escolhia aquela cegueira ignóbil, as bocas que ousavam aquelas palavras.

Ela disse a Jacques Dorme que, no presente, essa ideia de ir para a França lhe parecia ainda mais inverossímil. Não pelos poetas franceses que cantavam a GPU, mas pela guerra, a mesma, do Volga ao Sena. Pelos comboios de feridos que era preciso despachar para a retaguarda.

Ele fala da casa onde passou a infância e a juventude, das unidades alemãs que agora atravessam a rua diante da janela da sala. Na parede dessa sala, há uma foto do seu pai, muito jovem ainda, que partira para a guerra, a outra guerra, "a Grande", e voltara dela um velho para esperar a morte em 1925. Ele não sabe se a lembrança que lhe resta do pai está ligada unicamente àquele retrato ou aos poucos segundos durante os quais uma criança de três anos vê, dos degraus da escada da frente, um homem com um saco no ombro, depois a silhueta desse homem que se afasta pela rua e desaparece.

De noite, eles se reencontrarão, sempre com a mesma impressão de não terem se separado um instante.

"Eu não pretendo nada, eu sou..."

Quando, longos anos depois, eu viria a pensar em Jacques Dorme, seriam essas as palavras que melhor evocariam para mim sua natureza, o credo não formulado desse aviador, desse estranho surgido de trás da fumaça de um comboio em chamas. Essas palavras pronunciadas por um rei da França.

Adolescente, quis ver nele um herói brilhante, e na sua vida, uma série de façanhas. Um hábito herdado, sem dúvida, de nossos devaneios infantis no orfanato. Mas desde o começo do relato que Alexandra me fazia, esse impulso de grandiloquência se calou diante da simplicidade do que eu ouvia. Uma vida que não fazia questão de ser esculpida em destino, que se atrasava aos acontecimentos e, às vezes, permanecia imóvel até, como durante aquelas noites, num quarto cuja parede arruinada se abria para o céu e deixava entrar o tênue amargor de uma cerejeira-brava. Longe do tempo dos homens.

Ele desembarcou tarde demais na Espanha (meu desejo de vê-lo à frente de uma brigada internacional seria inútil). Em janeiro de 1939, dois meses antes da queda de Madri. Teria esperado trombar com a aviação franquista e os caças alemães, pilotar um Dewoitine ou um

Potez, como pilotara na França? A realidade, em todo caso, foi outra. Ele não combateu, mas carregou os destroços das batalhas perdidas: armas, feridos, mortos. E voou não num avião de caça, mas num pesado trimotor de transporte Junkers 52, capturado dos nazistas.

Certamente tinha sonhado com combates aéreos e pequenas estrelas marcadas no flanco da carlinga, contagem das vitórias. O sofrimento das multidões derrotadas, essa engenhosa multiplicidade de sofrimentos que a guerra inventa, deu-lhe uma ideia mais humilde de seu trabalho de piloto: transportar pessoas do lugar onde se sofria muito para um lugar onde se sofreria menos.

Acabou se reconciliando com seu aparelho alemão. No começo, convenceu-se de que conhecê-lo bem poderia ser útil para saber, em caso de guerra com a Alemanha, melhor abater os aparelhos desse modelo. Mais tarde, a fidelidade paciente da máquina aqueceu seus laços com uma amizade quase humana, rabugenta, indulgente nos momentos difíceis. "Eu o reeduquei...", dizia ele aos pilotos russos com quem cruzava frequentemente e que tinham lhe ensinado algumas migalhas da sua língua. Ainda não poderia adivinhar a importância que um dia teriam estes dois detalhes, no geral insignificantes: o conhecimento desses velhos Junkers e a capacidade de dizer uma dezena de frases em russo.

Aprendeu também que as lembranças de guerra espreitavam, sobretudo nas margens do sono, onde teciam, para um piloto, céus atulhados de vigas de aço, pontas de cabos, ramagens entre as quais o avião abria uma passagem tortuosa, insuportavelmente lenta. Acordava com frequência, sufocado nesses labirintos. E durante o dia era o vazio que o surpreendia. Aquela ruela deserta em Port-Vendres, a algumas horas dos últimos disparos, a poucos quilômetros das cidades bombardeadas e das multidões ululantes, aquela janela aberta de um andar térreo, uma mulher que passa a roupa branca, sua filha que, da rua, estende uma boneca e a coloca sobre o parapeito da janela, o chiado doce da água sob o ferro, o vapor que tem o gosto pungente de uma vida feliz. Ele precisou de muitos meses para se habituar a esse bem-estar de felicidade e rotina, as armadilhas do esquecimento.

Em Paris, tentou preencher o vazio com a excitação volúvel do cinema, ia ver todos os filmes mais recentes, e notou, numa sessão, aquela espectadora que chorava: na tela, a heroína soluçava, o rosto impassível erguido por cima de um leme. Ele não acompanhou mais a trama, lembrou-se das ruas de Barcelona, de uma mãe alucinada com uma criança morta nos braços... Ao sair, divertiu-se em observar uma jovem loira que, por trás do vidro de um escritório, falava ao telefone, a cabeça desfigurada por uma máscara de gás. Era divertido e também perturbador para ele, porque a moça se parecia muito com sua noiva. Ele acabara de receber uma carta de ruptura: ela censurava seu engajamento na Espanha, sua ausência que ela não queria mais suportar e que chamava de "teu pendor para a vagabundagem". Ele sorriu, com amargor. Atrás do vidro, um homem reajustava a máscara na cabeça da loira, que virava para ele seu focinho de anta. Não, era divertido. Ele se prometeu narrar aos seus, que iria rever no começo de setembro.

O dia da chegada à casa familiar foi o da declaração de guerra. O irmão de dezesseis anos mal conseguia conter a alegria: sonhava virar capitão de navio. Jacques Dorme chegou a ouvi-lo exclamar: "Tomara que isso dure um pouco!". Não disse nada, sabendo que para temer e odiar a guerra de verdade era preciso ter participado dela. No momento da partida, a mãe pronunciou quase as mesmas palavras, sem dúvida, que tinha endereçado ao marido em 1914. O retrato do pai sempre no mesmo lugar, na sala, mas agora aquele homem fotografado um ano antes de partir para o front parecia espantosamente jovem para Jacques Dorme. E era realmente mais jovem do que o filho.

Ele relembrou o episódio da loira com a máscara de gás naquela noite sem sono em Stalingrado, em maio de 1942, contou à mulher que acabara de encontrar no meio dos trens. Eles riram imaginando o tipo de grunhido que um namorado poderia ouvir na outra ponta do fio. E, numa breve vertigem, ele reviveu tudo que o separava daquele dia parisiense, tudo que em menos de dois anos fizera dele um outro, toda aquela densidade de vida e de morte que o tinha engolfado. Um dia de agosto em Paris, na saída de um cinema, e agora essa grande casa de madeira meio destruída por uma explosão, essa mulher desconhecida e, de repente, tão próxima, este vilarejo além do Volga, o terrível espasmo de um país que se prepara para lutar por sua sobrevivência, e a calma infinita desses minutos, dessa estrela na abertura da parede, do aroma das uvas-brancas que respiram no escuro. E a vertigem da lembrança do que o trouxe justamente a este lugar.

Ele se esforçaria para dizê-lo, nessa noite, na desordem das lembranças, dos esquecimentos, das confissões inesperadas para si mesmo. De vez em quando, um silêncio caía, eles se olhavam, unidos pela consciência da extrema fragilidade das palavras.

Os silêncios escondiam também sua relutância em confessar que mais de uma vez arriscara a vida. Falou de "serpentinas ardentes" para descrever as rajadas cortantes nas noites de combates aéreos em maio e junho de 1940. Acabara de dizer que os pilotos de sua esquadrilha tinham lutado de um contra cinco, mas logo se retraiu e, receando o tom de bravata, evocou aqueles pedaços de serpentina ardente em que os caças alemães os enredavam, como para uma noite de baile...

Seu último combate, Jacques Dorme o contou também em poucas palavras, principalmente para fazer compreender que sua presença ali, naquele pátio de manobras, naquela cidade russa, se devia enfim à firme resolução de pegar um bombardeiro alemão, aquele Heinkel esvaziado de suas duas toneladas de morte que voltava para a base como se volta do trabalho. Numa linda tarde de junho... A vantagem de velocidade que seu Bloch tinha sobre o alemão era mínima, ele sabia que persegui-lo tomaria tempo. Restava-lhe pouca munição: era preciso se aproximar com prudência, evitando as numerosas metralhadoras do bombardeiro, manobrar infalivelmente, atirar sem contar com uma segunda chance. Precisou de uma hora interminável para diminuir a distância, afinar o ângulo de ataque, e por fim parecia conhecer de longa data o piloto do Heinkel, adivinhar os pensamentos do homem atrás do reflexo da cabine... Ele o abateu mantendo esse estranho sentimento de ligação pessoal que de hábito não tinha tempo de se formar na febre dos rápidos duelos de caças. À satisfação da missão cumprida juntou-se aquela ideia apenas formulada: a vida daquele piloto e as dos homens da tripulação, os últimos segundos de suas vidas... Ele foi atacado neste momento, como num áspero chamado à ordem. Proibido devanear! A transparência do vidro se matizou sob os jatos de óleo, o vento assobiou naquela casca estourada, o contorno de um Messerschmitt se desenhou lentamente num abrupto mergulho vertical. Ele conseguiu pousar de barriga, perdeu a consciência, acordou prisioneiro.

O relato desse último combate é interrompido pela passagem de um comboio na cadência surda de seu peso na escuridão. Um comboio para o leste. Jacques Dorme se cala, e os dois ficam escutando o resfolegar do ruído e, de um vagão a outro, um estertor de agonia, um grito, uma resposta injuriosa ao grito. O frescor do ar se mistura à borra salobra dos ferimentos.

"De qualquer modo, acho que não teria combustível suficiente para voltar, já estava muito além da linha do front. Tinha me empolgado..." Ela adivinha o sorriso dele na escuridão. Como que se desculpando por falar da vitória, das contorções para salvar o avião da queda. Por ter falado tão perto desses vagões abarrotados de milhares de soldados que oscilam à beira da morte. Ele sorri.

Se amar tem um começo, para Alexandra deve ter sido aquele ligeiro sorriso invisível na escuridão.

Durante os meses de cativeiro, ele voltava com frequência, em pensamento, a esses dias de maio e junho de 1940, e toda vez era a abundância do céu que o espantava. Não houvera outra naquelas semanas de combates, nenhuma lembrança do que se passava no solo, nenhum encontro nas ruas das cidades, apenas aquele azul, arquipélagos estilhaçados de nuvens, um infinito azul de onde a terra tinha desaparecido. A memória não o enganava: com muitos voos por dia, o sono breve preenchido pelos mesmos voos, simplesmente não tinha o descanso de ficar com frequência em terra firme.

Agora, no espaço reduzido do campo, a gravitação colante do solo pesava na planta dos pés. E de noite o odor da terra fresca estagnava em sua barraca, pinicava-lhe as narinas com sua umidade ácida. Mas eles eram privilegiados, ele e os três pilotos poloneses com quem compartilhava aquele casarão baixo ao lado da fazenda transformada em campo de prisioneiros de guerra. Tinha passado por muitos outros lugares, primeiro na Alemanha, antes de se ver ali, na fronteira oriental da Polônia esmagada. Todo mundo adivinhava que outra guerra já estava em gestação. Aqueles pilotos aprisionados poderiam ser úteis. Os oficiais alemães que vinham de tempos em tempos em inspeção davam a entender que todos tinham doravante um inimigo comum e que entre gente civilizada sempre seria possível se entender. Assim, eles tinham direito à mesma comida que os guardas, e àquele alojamento onde, em vez dos beliches, cada um dispunha de um leito. Eles circulavam pelo campo sem precisar de autorização.

Durante essas perambulações, Jacques Dorme viu, do outro lado da estrada, as barracas dos prisioneiros comuns, e um dia, pela primeira vez na vida, uma execução por enforcamento: um dos enforcados era muito alto, os dedos dos pés caíam sobre a terra como a ponta de um pilão, o corpo girou várias vezes sobre si mesmo antes de relaxar... Jacques Dorme sentiu um pouco de vergonha, censurando-se por aquele vago status de aristocracia militar de que gozavam os pilotos.

Foi naquele campo, ao lado da estrada, que ele avistou, no verão de 1931, uma longa coluna de soldados russos e assim ficou sabendo que a outra guerra que todos esperavam tinha estourado.

Uma noite, o cheiro de terra que o atormentava ficou insuportável. Ele se levantou, atravessou o quarto no escuro, quis empurrar a porta, e de repente, atrás de caixas velhas, percebeu um clarão, depois a silhueta de um dos poloneses. O cheiro vinha dali. Ele se aproximou. Os homens, vendo-se apanhados em flagrante delito, não esconderam mais nada. No canto da casa, abria-se um buraco no solo. Uma cabeça emergiu, dois olhos piscaram no halo da luz de um fósforo. Os poloneses se entreolharam. Sem trocar uma palavra, como se a sua vez tivesse chegado, Jacques Dorme começou a retirar com eles a terra da escavação.

Fugiram numa noite de dilúvio, no início do outono. Os guardas não ousavam pôr o nariz para fora, os projetores pareciam as luzes glaucas de um batiscafo, os cheiros, as pegadas se desmanchavam na lama. Um dos pilotos, Witold, conhecia bem a região.

No dia seguinte eles chegaram ao povoado onde ficaram durante dois dias escondidos no porão de um camponês. Foi ele quem os avisou da batida que fora organizada para encontrar os fugitivos. Tiveram tempo de se salvar, mas ao adentrar a floresta se desentenderam: Witold queria continuar para o leste; os outros dois propunham ficar por ali, esperar, preparar-se para o inverno. Jacques Dorme seguiu Witold, e foi assim que, depois de várias noites de marcha, eles atravessaram, sem perceber no início, a fronteira russa, e se viram naquele universo instável e enganoso que é a retaguarda de uma guerra.

Caíram em vilarejos com pomares carregados de frutos e ruas cheias de cadáveres, como aquele povoado na região de Kiev onde uma dezena de mulheres fuziladas parecia repousar depois de um dia de colheita. Contornando durante a noite as cidades, acontecia de ouvirem canções alemãs, vozes embriagadas. Um dia, viram-se no meio de um território sitiado, cruzaram unidades russas mas não tentaram ir ao seu encontro: não era mais um exército, mas destroços humanos que se colavam uns aos outros, se empurravam na lama, arrancavam a comida uns dos outros, tombavam, mortos pelos oficiais obrigados a impedir a debandada, matavam-nos para abrir caminho. No meio dessa torrente desordenada havia ilhotas curiosamente estáveis, destacamentos que, isolados, sem esperança de ajuda, cavavam abrigos, juntavam armas, preparavam a defesa.

Quando o nó corredio se apertou e todas as direções se tornaram igualmente ruins, eles se esconderam entre os mortos de um campo de batalha. Os regimentos alemães passavam a alguns metros deles, o som de uma gaita zombava, às vezes, numa lufada de vento, mas eram tantos os corpos estendidos na planície, nas trincheiras, atrás das madeiras explodidas de uma fortificação, que teria sido preciso todo um exército para desencovar aqueles dois viventes: o grande polonês ruivo estendido numa cratera de obus e o francês moreno cujos olhos entrecerrados espiavam a passagem dos caminhões. De noite, para esquecer o ruflar das asas que batiam sem cessar sobre os cadáveres, eles conversavam longamente, na mistura habitual de palavras polonesas, russas, alemãs, francesas. Os dois se espantavam de ver os alemães embrenhados tão fundo no coração da Rússia. "Se continuarem assim", julgou Witold, "antes do verão eles cruzarão o Volga, e para os russos o Volga é como..." Com a lateral da mão, ele riscou o pescoço, na carótida. Comentaram também que fazia semanas que não se via um único avião russo no céu.

No começo do inverno, foram detidos e depois adotados por um grupo de guerrilheiros vivendo num campo fortificado no meio das florestas e dos pântanos. Passado o tempo da desconfiança, aceitaram a sua participação, e Jacques Dorme descobriu aquela guerra invisível, enterrada no húmus, uma luta muitas vezes canhestra porque conduzida por velhos camponeses armados com fuzis antigos, mas que, com o tempo, desgastava o inimigo mais do que fariam ataques regulares. Constatou também que ali nessa guerra se cultivava um ódio infinitamente mais forte do que aquele que sentira no céu. Um dia, conseguiram expulsar os alemães de um vilarejo e viram, num cruzamento de ruas, aquela multidão nua de mulheres e crianças em pé sobre a neve: corpos transformados num feixe congelado por um jato de água. Era certamente a resposta ao que se via, às vezes, pelas estradas: um soldado alemão despido, ele também uma estátua de gelo, cujo braço levantado e enrijecido indicava a direção marcada num cartaz pendurado no pescoço: "Berlim". Ou a ideia teria vindo do ocupante? Jacques Dorme viu o olhar do camponês que tinha reconhecido sua mulher no grupo transformado em gelo, e compreendeu que essa pergunta não fazia mais sentido ali.

Em março de 1942, um avião que vinha entregar armas aos acampamentos de guerrilheiros embarcou os dois pilotos. Eles começaram a cantar de alegria quando o avião decolou. Jacques Dorme não sabia mais em que língua cantava.

Tinham imaginado o fim de seu périplo assim: um aeródromo, uma fileira de caças, mecânicos que trabalhavam com afã em torno dos aparelhos e um chefe de esquadrilha que pedia que mostrassem do que eram capazes antes de engajá-los.

O que sucedeu não ficou muito longe da expectativa. Há um terreno que poderia lembrar um aeródromo, mas está vazio, vê-se apenas a silhueta do bombardeiro russo Pe-2, sem trem de pouso, com a fuselagem crivada de furos. Alguns barracões faziam a vez de hangares, mas não há nenhum mecânico trabalhando ali. Há, porém, o vaivém de soldados que parecem preparar a evacuação do lugar. E os aviões, pode-se ouvi-los no céu, do lado da cidade. "Junkers 87, é, Stukas...", reconhecem os pilotos. Eles são trancados num dos hangares e tentam não interpretar isso como um mau sinal. A porta se abre: enquadrado por dois soldados, aparece aquele que esperavam, o comandante de esquadrilha. Homem baixo, magro, usando um casaco de couro preto cingido por um cinturão. O casaco, as botas cintilam ao sol! Ele não os saúda, anuncia que serão interrogados em separado e diz aos guardas, indicando Witold: "Levem esse!".

Jacques Dorme acompanhava a ação por uma grande fresta entre as tábuas da parede. No meio do pátio, veem-se uma mesa de madeira, dois bancos. O homem de couro preto se instala, Witold quer fazer o mesmo, mas os soldados o agarram, o seguram de pé. De repente, o lugar começa a lembrar aqueles pátios internos imprecisos onde as pessoas se extraviam nos pesadelos. Há essa mesa, em pleno sol, em meio à neve pisoteada. Os soldados transportam caixas, galões de gasolina, panelas: atravessam o pátio sem prestar atenção no interrogatório, desaparecem do outro lado. O rugido dos aviões se torna às vezes ensurdecedor, depois para; ouve-se então a queda sonora das gotas que deslizam do telhado ainda pesado de gelo. O homem de couro grita uma ordem, e o trânsito dos carregadores para. Veem-se apenas a mesa de interrogatório e aquele caminhão militar estacionado embaixo de uma árvore.

Quando o barulho dos aviões se abranda, Jacques Dorme capta algumas palavras, mas, mais que as palavras, é a diferença entre aqueles dois homens o que conta, ele sente, é dela que depende o desfecho: aquele piloto, grande, o rosto franco, a voz firme, e aquele homem de preto, muito asseado apesar da lama primaveril e que encara o polonês sem esconder seu ódio. Em certo momento, as vozes se alteiam. Para cobrir o estrondo dos Stuka, pensa Jacques Dorme. Mas o tom continua endurecendo no silêncio recuperado. Ele vê o homem de couro preto se levantar, os dois polegares sobre a mesa. Witold grita agitando as mãos, os soldados apontam as metralhadoras para suas costas. Jacques Dorme escuta o nome de Stálin, que o polonês grita com uma explosão de desprezo na voz. O homem de preto se levanta outra vez, a boca retorcida, assobia várias vezes: "Maldito espião...", e, de repente, vai sacar a arma. Os segundos ficam incrivelmente longos. Witold e os dois soldados o observam, imóveis. Jacques Dorme acredita que essa fixidez dos olhares dura ao menos um minuto. O homem empunha a pistola, todos têm tempo de tomar consciência do que se passa, Witold tem tempo de passar a língua nos lábios. E o tiro parte, depois outro.

Jacques Dorme entende que aquilo é impossível. Não se mata um homem assim, sem julgamento. É um tiro ao alvo, sem dúvida, para infligir medo. Não se pode matar um homem diante daquela mesa, sob aquele sol... Witold cai. O homem de couro preto guarda a pistola, os soldados arrastam o corpo pela porta aberta de um barracão.

Achando-se sobre o banco, Jacques Dorme tem a estranha sensação de que não abandonou seu posto de observação, por trás da parede do hangar, de que continua observando a cena, de que há simplesmente esse outro homem, ele, que agora vai falar durante alguns minutos e depois morrer. Aquele que olha pela fresta deveria fazer alguma coisa: atirar-se sobre o homenzinho de couro, arrancar-lhe a pistola, gritar, alertar um comandante. O homem repete a pergunta, um dos soldados espeta o cano da metralhadora na nuca de Jacques Dorme, incitando-o a falar. Ele responde, espanta-se com a correção mecânica do que diz, se dá conta de que fala em russo e de que é a primeira vez que essa língua lhe é útil a esse ponto. Ele ainda tem sangue-frio suficiente para compreender a estranheza dessa primeira vez. Para compreender que suas respostas não afastarão o que o espera e que o conhecimento do russo é a acusação mais pesada contra ele, contra esse "espião" lançado de paraquedas pelos alemães e que se faz passar, que fantasia!, por um piloto francês. Ele acredita, sobretudo, ter reconhecido o homem de couro, não ele, mas aquele tipo de homem que conheceu na Espanha. Homens de couro preto. Os aviadores russos, ele se recorda, interrompiam as discussões quando um deles se aproximava, e Jacques Dorme não conseguia compreender esse temor em pilotos que enfrentavam a morte dez vezes por dia. Eles endureciam e davam como única explicação uma combinação de letras: a GPU, ou então o NKVD...*

O ronco dos aviões em mergulho faz sumir as palavras. Eles se calam, frente a frente, olhos nos olhos. De repente, Jacques Dorme adivinha que o homem de couro tem muito medo, que seus olhos castanhos estreitos se reviram de medo. Um avião passa sobre os hangares, mergulhando sobre os soldados de infantaria que, na rua vizinha, preparam a evacuação. Ouvem-se gritos, o tropel de uma multidão. Jacques Dorme levanta o olhar, nota o entalhe de outro avião, e numa mira maquinal avalia o ângulo, a distância,

* NKVD é a sigla de *Naródni Komissariát Vnútrennikh Diel* [Comissariado Popular de Assuntos Internos], polícia política da União Soviética que passa a atuar sob as ordens diretas de Stálin nos anos 1930, sucedendo a GPU. [N. E.]

a velocidade de aproximação... Quer prevenir o homem de couro, mas ele já se move, lentamente, embrulhado nas fraldas rígidas de seu casaco, a mão segurando o cabo da pistola. Ele deveria cair, se jogar atrás de uma parede, embaixo daquele banco onde se enfia Jacques Dorme, mas o Stuka já está passando, perfurando os ouvidos com seu estridor, sua metralha.

Há ainda a mesma mesa no meio do pátio, o mesmo sol, o gelo que derrete em longas gotas coloridas. E neste momento, perto do estribo do caminhão, aquele corpo em couro preto, encolhido, a cabeça estourada caída sobre o peito. O homem que queria me matar..., pensa Jacques Dorme ainda sem captar o sentido de suas palavras. O homem que eu quis salvar...

Não tem tempo de tomar consciência do que lhe acontece. Um quatro por quatro para no pátio, o oficial que os conduziu nesta manhã desce, dá-lhe um tapinha nas costas: "Então, é isso aí, ele controlou vocês, nosso caça-espião?". Jacques Dorme, num gesto com o queixo, aponta o caminhão. O oficial dá um longo assobio, seguido de uma saraivada de pragas. Vai ver o cadáver, se inclina, retira a pistola e explica com uma piscadela: "Ele matou mais russos do que alemães com isto. Só não repita para ninguém o que eu disse...". Jacques Dorme lhe fala de Witold. O mesmo assobio, um pouco mais curto, as mesmas pragas: "Pobre polaco! Não tinha mesmo chance... Não, não temos tempo. Os Fritz vão estar por aqui amanhã à noite. Suba depressa, temos que ver o coronel Krimov". Jacques Dorme recusa, argumenta. O oficial insiste, se arrebata, agita a pistola que acaba de tirar do morto. Jacques Dorme sorri: "Vai, atira, ao menos um não será russo". Eles acabam carregando o corpo de Witold no veículo e partem manobrando entre as crateras das bombas e as carcaças de caminhões em chamas.

O coronel Krimov é inencontrável. No posto de comando, erguem os ombros, seu ajudante de campo os aconselha a esperar. Eles decidem passar em revista todas as casas, poucas, onde se avista luz. A última a visitar é aquela isbá em cujos vidros brilha um clarão fugidio. Antes de baterem, eles se aproximam da janela, espiam. A peça está iluminada pelo rubor do fogo da grande estufa. Sobre a cama, vê-se um homem, nu, pesado, se debatendo; parece estar sozinho. Ele se deixa cair de comprido, se ergue, cai de novo. De repente, sua mão mergulha no vazio da cama e extrai dali um seio de mulher que ele amassa com os dedos. A cama é muito profunda, muito afundada pelo peso dos amantes, e o corpo da mulher está afogado nesse regaço. O homem se solta, emerge, sua mão repesca desta vez uma coxa grossa, rosada pelo fogo. É uma cama de rodinhas: em cada assalto, ela se desloca para a frente, depois, um pouco menos, para trás. Um casaco militar parece sentado, rígido, numa cadeira.

Eles encontram Krimov uma hora depois, no posto de comando. Ele indica o caminho que deverão tomar no dia seguinte e os aconselha a partir bem cedo porque, "aqui, vai ser bonito". A dureza e o pesar de sua voz surpreendem Jacques Dorme. Bonito... Ele não compreende. As limitações do meu russo, pensa.

A geada é bem fraca durante a noite, a terra no canto de um pomar está macia. Quando a cova é coberta, Jacques Dorme finca nela uma cruz: dois pedaços de tábua amarrados com arame. "Enfim, você fez direito", suspira o oficial, e dispara três tiros para o céu com sua pistola.

A pulsação da vida completamente nova porque salva na última hora o impedirá de dormir. Sobretudo este pensamento: jamais conseguirá explicar a ninguém que aquilo tudo era a guerra também.

A guerra ressoava do mesmo modo na voz de seu novo acompanhante (Jacques Dorme acabaria acreditando que seus sucessivos padrinhos não sabiam como se livrarem dele). Esse tenente anunciou com um risinho seco: "A propósito, o regimento de Krimov... Picadinho. Não escapou um. Do povoado, não sobrou uma casa. É, um verdadeiro moedor de carne". O gesto veio em apoio a suas palavras.

No dia seguinte, tornaram a passar por aquele povoado, retomado nesse entretempo dos alemães, e toparam com um telegrafista morto, estendido na rua, perto do fio partido por uma explosão. Com os braços destroçados pelas explosões, ele apertara as pontas do fio entre os dentes... O tenente pareceu se admirar, principalmente com a astúcia do soldado.

Essa leveza, a guerra também era isso.

Como aquela alucinação que fez ressurgir, na manhã seguinte, o homem de couro preto...

Eles chegaram à extremidade de um campo nevado, reconheceram o aeródromo que procuravam havia quatro dias, e ali, em torno de um pesado trimotor, a cena do interrogatório se repetiu como no sonho febril de um ferido. Havia aquele homem usando um casaco comprido de couro preto, um homem maior e muito diferente do primeiro, mas cujo papel era o mesmo. Pistola empunhada, ele se virava no meio de um grupo de militares, vociferava ameaças acompanhadas de ofensas, apontava para o avião e, de tempos em tempos, dava um tapa na fuselagem. Não pareceu notar a chegada de Jacques Dorme e seu guia, o tenente.

"Conheço seu trabalho de sapa!", urrava. "Peguei você com a boca na botija. Sei que querem sabotar as decisões do comandante supremo..." Misturadas com as ofensas, essas acusações tinham, aos ouvidos de Jacques Dorme, uma ressonância bizarra: o comandante supremo, Stálin, encontrando-se entre uma "puta" e uma "mãe fodida"... Um militar com uniforme de piloto interveio com a voz de um aluno que procura se justificar: "Mas, camarada inspetor, não se pode carregar com o dobro da capacidade...". Houve uma nova ladainha de "mães" e "putas", seguida desta vez pelo partido: "Se o partido decidiu que este avião pode carregar três toneladas, então ele pode! E quem se opuser às resoluções do partido é um lacaio fascista e vai ser liquidado!". O cano da pistola apontava para o rosto do aviador, que engoliu a saliva e sussurrou: "Quero tentar mais uma vez, mas...". O homem de couro baixou a pistola: "Mas será a última. O partido não vai tolerar a presença de agentes fascistas nas fileiras de nossas esquadrilhas".

O piloto e outro militar tomaram assento no avião. Jacques Dorme teve a impressão de segui-los, de imitar seus gestos na cabine, de olhar o painel de bordo... Tinha reconhecido o avião ao primeiro olhar, apesar do estado do aparelho: era um Junkers 52, o mesmo modelo que pilotara na Espanha. Haviam tirado a metralhadora, desmontado a torreta (talvez para poder carregar as tais três toneladas decididas pelo partido...). E a superfície da fuselagem e das asas fora pintada de um azul turvo.

A pista era longa o suficiente, mas o impulso iniciou, asmático, os solavancos da corrida, lançando o aparelho contra o solo. Uma centena de metros antes da borda da pista, o avião deu um salto, endireitou o nariz, depois grudou na pista, derrapou e foi parar na neve virgem. O motor silenciou.

O homem de couro sacou a pistola e começou a correr na direção do aparelho. Todo mundo o seguiu, mas com passo travado, não sabendo como evitar a covardia da participação. O piloto tinha descido e estava parado perto do avião, olhando para o homem que corria. Seu camarada estava escondido atrás, fingindo que examinava uma hélice.

O homem de couro berrou, a garganta enrouquecida pelo ar frio e pela cólera: "Não só você desobedeceu às ordens do partido, mas tentou destruir material de guerra. Por isso, vocês dois vão à corte marcial, e você também!". Ele se virou para um suboficial que permanecia de lado.

O tenente interveio nesse momento, apresentou-se, apresentou Jacques Dorme. O homem de couro os examinou com desdém, depois gritou num tom muito agudo: "Mas o que é que ele está esperando? Que suba, que prove que é piloto, e não um espião que lançaram de paraquedas esta noite!".

Jacques Dorme contornou o avião, pediu para ver a carga. O piloto suspirou, abriu a porta, eles subiram na carlinga obscura do Junkers. O interior estava tomado por grandes caixas de madeira cheias até a borda de ferragens: grossas placas de fundição, esteiras de tanques... Esse voo de teste estava previsto decerto para medir a carga máxima. Eles desceram. Cercaram Jacques Dorme. O silêncio era de aço. Podiam-se ouvir as rajadas assobiando na aresta das hélices. "Dá para fazer", afirmou Jacques Dorme, "mas vou precisar de uma coisa..."

O homem de couro fez uma careta de desconfiança: "O que é agora? Um motor extra, talvez?". Jacques Dorme balançou a cabeça: "Não, não um motor. Preciso de dois pedaços de sabão...".

O riso explodiu com tamanha violência que um bando de corvos levantou voo do telhado de um hangar e disparou sobre os campos como que levado pela tempestade. O tenente ria, dobrado em dois, o piloto com o rosto encostado na fuselagem do Junkers, o suboficial com os punhos fechados contra os olhos, os outros rodopiando, as pernas bambas, como bêbados. Um boné rolou sobre a neve, os olhos lacrimejavam. O homem de couro se agitava entre eles, dava coronhadas nas costas, nos ombros... Em vão, porque eles riam, sentindo-se perto demais da morte. Quando, enfim, os espasmos se acalmaram, quando os militares pararam de ensaboar, de brincadeira, pescoços e peitos, o riso tomou conta do homem de couro. Ele não conseguia se conter, forçava a voz para parecer ameaçador, enrijecia os músculos do rosto, mas a erupção fazia estalar os lábios apertados, deformava a máscara de cera, ele guinchava. Os outros o observavam em silêncio, o semblante preocupado, quase aflito. Foi provavelmente para livrar a cara que entre dois guinchos ele gritou: "Tragam o que ele pede!".

O avião acelerou, percorreu toda a extensão da pista e parou. Jacques Dorme saltou no chão, foi se juntar ao homem de macacão que permanecera entre as caixas de carga. Na outra ponta do campo via-se o inspetor, que corria para eles, agitando a pistola... Eles ergueram a extremidade de uma longa caixa que reinava no meio. Jacques Dorme deslizou para baixo de suas tábuas dois pedaços de sabão, um de cada lado. "Se conseguir empurrá-la", disse ao homem, que começava a compreender, "estamos salvos..." E explicou em que momento exato era preciso jogar com o centro de gravidade.

O avião retomou o impulso, passou a alguns metros do homem de couro, arrancou-se a duras penas do chão riscando a beirada de gelo. E começou a cair.

Da terra, viu-se que ele se inclinava sobre a asa esquerda, perdia velocidade, se imobilizava, parecia. "Kaput!", sussurrou o suboficial. De repente, com um balanço brusco, o aparelho oscilou para o outro lado, abaixou a asa direita, mas agora menos perigosamente e desacelerando menos. E, de novo, manquejou para a esquerda, depois outra vez para a direita... Ele subia assim, reduzindo a arfada, parecendo cada vez mais um avião comum. "O pequeno crepe!", exclamou um dos aviadores no grupo que ficara na pista. E muitas vozes repetiram, admiradas: "O pequeno crepe...". A manobra era conhecida, para arrancar aviões sobrecarregados do chão, mas só os verdadeiros ases a dominavam.

No ventre do Junkers, o homem de macacão estava sentado, as costas contra uma longa caixa colocada de viés. Os olhos estavam injetados, ele ofegava. Quando recobrou o fôlego, levantou-se, arrastou-se até uma janelinha. Embaixo, um rio serpenteava cinzento sob o gelo, o aeródromo já não estava à vista. Ele abriu a porta e começou a jogar pedaços de ferragens, e depois, empurrando-a sobre o chão ensaboado, uma caixa inteira. "Assim estamos mais seguros para aterrissar com esse doido..." Ele esticou a orelha. O piloto cantava. Numa língua que o homem não conhecia.

No fim do mês de abril, Jacques Dorme ficou sabendo que ia ser escalado para uma esquadrilha totalmente nova, uma unidade especial que conduziria aviões americanos através da Sibéria, partindo do Alasca. Ficou decepcionado. Esperava engajar-se como piloto de caça, combater no front. Um detalhe o consolou: o trajeto, de cinco mil quilômetros, era considerado bem mais perigoso que o sobrevoo das linhas inimigas.

Durante aquelas semanas de espera, sucedeu-lhe com frequência repensar a possibilidade de explicar a guerra; ele pensava que depois todo mundo falaria, comentaria, acusaria, justificaria. Todo mundo, principalmente os que não a tinham feito. E tudo ficaria claro: os inimigos, os aliados, os justos e os monstros. Os anos de combate seriam relatados, dia a dia, nos movimentos dos exércitos e nas batalhas gloriosas. O essencial seria esquecido: o tempo de guerra era formado de uma multidão de minutos de guerra, e por trás da vasta confusão dos fronts se escondia, às vezes, um pátio ensolarado, um dia de março, um homem de couro preto que matava outro porque a inveja acabara de matá-lo, e no mesmo dia aquele coronel Krimov, aquele homem nu que se saciava na carne de uma mulher antes de ser picado pela metralha, e também aquele jovem, os dentes cerrados sobre o fio telegráfico... Ele se perdia rapidamente em suas lembranças e concluía que o essencial era guardar na memória todos esses fragmentos da guerra, todas essas guerras minúsculas dos soldados esquecidos.

No começo de maio, atravessou o Volga em Stalingrado e se lembrou das palavras de Witold: "O Volga, para os russos, é como...". Ele se enganou, desceu do trem cedo demais e andou por muito tempo sobre os trilhos de um pátio de manobras. Através da fumaça de um vagão-tanque de petróleo incendiado pelas bombas, percebeu uma mulher que comandava o caos da circulação. Eis mais uma guerra, pensou, esta mulher, tão linda, tão malvestida, tão depressa esquecida... Ele não compreendeu de imediato que era ele que a mulher chamava de longe.

6

No verão em que Alexandra me falou do piloto francês eu tinha treze anos. As perguntas que eu fazia se referiam à velocidade máxima do avião Bloch, o raio de ação do bombardeiro que Jacques Dorme tinha abatido, o modelo da pistola do homem de couro preto, a máscara de gás que permitia telefonar (as que nós utilizávamos durante exercícios paramilitares no orfanato não ofereciam essa possibilidade)... Ela sorria, confessava sua ignorância na matéria.

Anos depois, eu ficaria sabendo o que aquele sorriso calava: a infinita distância entre o objeto da minha curiosidade e sua vida de apenas alguns dias com Jacques Dorme. Ela não podia me contar seu amor. Por causa da minha idade, eu pensaria de início, e lamentaria a estupidez dessa idade fixada em detalhes guerreiros e peripécias aventurosas. Por seu pudor à antiga, eu pensaria em seguida, deplorando a fragilidade de alguns instantes furtivos daquele maio de 1942 que o relato apenas me permitira vislumbrar. E então, um dia, eu compreenderia que era impossível dizer mais sobre aquele amor. E que aqueles instantes (ela me falou do tempo que fazia, pensei mais de uma vez com amargura), aquelas recordações acidentais de uma chuva ou de uma manhã brumosa eram suficientes e diziam o essencial daquele amor breve e simples. A cada ano eu aprenderia a entendê-los melhor, a adivinhar sua luz, a escutar o vento e o barulho da chuva que penetrava pela brecha da parede e trazia seu frescor até o leito. Aquele amor jamais evocado iria se revelar e amadurecer em mim à medida que eu crescia. Como aquele momento em que se rompera o velho colar de pérolas de âmbar, que evocava apenas, de início, uma noite de chuva e vento.

O vento expulsa o mormaço resinoso das estepes, o cheiro de petróleo queimado, a densidade dos hálitos humanos amontoados em centenas de vagões. As gotas que começam a crivar o assoalho através da brecha se sintonizam, de repente, com o retinir das pérolas do colar arrebentado. Os corpos suspendem por um segundo o embate amoroso, as respirações se congelam e logo em seguida se unem de novo, se perdem no ritmo marcado pelo desejo, deixando as pérolas escoar do fio e contar o tempo.

Foi preciso ter vivido para que eu compreendesse tanto aquela chuva como o bem-aventurado cansaço de que se impregnavam os gestos da mulher que se levantava, se aproximava da brecha, permanecia no envolvimento morno e fluido da tempestade. Compreendesse a lentidão das palavras que se desfaziam na torrente barulhenta do aguaceiro, adivinhasse que a importância era justo aquela lentidão, e não o sentido das palavras. Compreendesse que aquelas palavras esmaecidas, aquela felicidade dos gestos serenados, o aroma da cerejeira misturado à acidez dos relâmpagos, todos esses traços que nenhuma lembrança retinha tornavam uma vida essencial, aquela que os dois amantes tinham verdadeiramente vivido, aquela que, a primeira, estava condenada a desaparecer no esquecimento.

A lembrança do "tempo que fazia" escondia também aquela outra noite, a imobilidade hipnótica do ar, a espessura estática do temporal que não desaba. Eles descem, atravessam os trilhos, se afastam do povoado, congelados na escuridão como os cenários de um teatro fechado, enveredam por um caminho assoreado da estepe. O silêncio deixa ouvir o atrito de cada passo e, quando eles param, o leve rangido das ervas ressecadas. As estrelas, toldadas pelo calor, parecem mais vivas, menos severas com a brevidade humana. Em certo momento, uma barreira antitanque eriça suas traves de aço cruzadas. Eles tocam essas pontas de trilhos erguidos, no escuro. O metal ainda está quente da insolação do dia. No torpor da noite, o rosário dessas traves em cruz lembra vestígios de uma guerra antiga, esquecida. Não se dizem nada, sabendo que não podem evitar este pensamento: uma linha de defesa, já do outro lado do Volga, a aceitação, então, de ver a guerra transpor o rio, incendiar a margem esquerda, estrangular Stalingrado. Pensam nisso, mas o aço parece sair de uma história antiga sem relação com aquela noite. Avançam em silêncio, sentindo enfraquecer os laços físicos que os ligam às casas do povoado, aos labirintos de trilhos do pátio de manobras, a sua vida distante. Existe apenas o reflexo gredoso do caminho, o negrume azulado pelo frêmito mudo dos relâmpagos e, de repente, a seus pés, o abismo daquele céu noturno, as estrelas flutuando na superfície negra da água.

É uma das alças fluviais que nascem na primavera com o derretimento das neves, e que a estepe bebe em alguns goles na estiagem do verão. Sua existência fugaz está, momentaneamente, na plenitude. A água enche até a borda as margens efêmeras, o cheiro de barro parece planar ali para sempre. E ao mergulhar, o corpo roça nos longos caules enraizados dos nenúfares.

Eles permanecem uma hora inteira nesse fluxo lento, mexendose pouco, encetando um nado, e depois, parando no meio da extensão de água pouco profunda. Os relâmpagos silenciosos duram o tempo suficiente para se verem, para ele ver aquela mulher, os cabelos úmidos, as mãos alisando o rosto virado para as estrelas. Ver os olhos fechados da mulher. Vê-la estendida sobre a margem cujo solo muito fino, muito liso, parece profundamente aquecido.

"Se esta guerra não tivesse existido, eu nunca teria te encontrado..." A voz do homem é a um tempo muito próxima, como um sussurro na orelha, e perdida longe nas estepes. Deve-se poder ouvi-lo até lá, no horizonte brilhando com relâmpagos de calor. "Não, não é isso que eu queria dizer", ele se corrige. "Sabe, esta planície, esta água, esta noite, tudo isso é tão simples, na verdade não precisamos de mais nada. Ninguém precisa de mais nada. E contudo a guerra virá até aqui..." Ele se cala, sente a mão da mulher pousar em seu braço. Um pássaro cruza o ar, ouve-se o deslizar aveludado. Eles têm a sensação de que aquela guerra tão próxima já tinha atravessado as estepes, destruído, matado e finalmente se dissipado no vazio. Eles irão vivê-la em breve, com certeza, e no entanto uma parte deles já está lá, já numa noite em que as barreiras de aço recém-instaladas não passam de vestígios enferrujados. Em que tudo que resta é a fosforescência silenciosa do horizonte, aquela estrela na pegada cheia de água, o rosto inclinado da mulher, a carícia das pontas úmidas de seus cabelos. Uma noite de pós-guerra, infinita.

Na vida deles, que durou pouco mais de uma semana, houve também aquela manhã cegada pela neblina. Nenhum avião no céu, nenhum risco de bombardeio, trens avançando com lentidão sonâmbula. As mulheres que trabalhavam com Alexandra a deixaram partir, quase a obrigaram a tirar aquela manhã de folga porque tinham descoberto ou adivinhado que era a última.

Fazia frio, um dia de outono, se diria. Um dia fresco e brumoso de maio. Eles costearam um campo, atravessaram um povoado de onde os habitantes acabavam de ser evacuados. A presença do rio se traía na névoa pelo eco surdo do vazio e pelo odor dos juncos. Uma das manhãs de sua vida... Eles sentiam que o momento era de dizer palavras graves, definitivas, palavras de adeus e de esperança, mas o que vinha ao espírito parecia pesado e inútil. Era preciso confessar que aquela única semana tinha sido uma longa vida de amor. Que o tempo desaparecera. Que a dor que viria, a ausência, a morte não atingiriam essa vida. Era preciso dizer, mas eles se calavam, seguros de experimentar, desde a menor vibração, o mesmo sentimento.

Invisível na opacidade felpuda da cerração, um barco passou, próximo da margem, ouviam-se os mergulhos preguiçosos dos remos, o lamento ritmado dos toletes.

Durante as horas que viveram juntos, Alexandra contou a Jacques Dorme o que eu ficara sabendo quando criança. A vinda para a Rússia, em 1921, de uma jovem francesa que fazia parte de uma missão da Cruz Vermelha, uma vinda que ela achava que seria temporária e que se tornara cada vez mais sem volta à medida que, muito rapidamente, o país se isolava do mundo.

Eles falaram, de fato, de quatro países diferentes: duas Rússias e duas Franças. Porque a Rússia que Jacques Dorme tinha percorrido, uma Rússia alquebrada pela derrota, era pouco conhecida por Alexandra. Quanto à França dela, a do futuro depois da Grande Guerra e do início dos anos vinte, suas lembranças havia muito tinham se confundido com a sombra doce e frequentemente ilusória de uma pátria sonhada. Ele conhecera um país muito diferente.

Um dia, pelo acaso de uma informação ouvida no rádio, essas duas Franças se chocaram.

Nesse dia, eles almoçaram juntos. Quando a passagem dos trens sob as janelas se interrompia e acalmava o zumbido dos aviões, podia-se pensar num almoço em tempo de paz, num belo tempo primaveril... Eles se preparavam para se separarem, quando Alexandra murmurou, com ar de mistério: "Esta noite, vou precisar da sua ajuda. Não, não, é muito sério. Preciso que você vista uma camisa clara, engraxe os sapatos e esteja bem barbeado. Será uma surpresa...". Ele sorriu, prometendo vir na maior elegância. Foi então que ouviram no rádio a voz do locutor, grave e com acentos metálicos, anunciando a queda da cidade de Kertch, falando da defesa encarniçada de Sebastópol... Eles sabiam que essa notícia significava a perda próxima da Crimeia, a investida alemã para o sul, o caminho aberto para o Volga. O rádio dizia também que os aliados não tinham pressa de abrir o "segundo front". Foi talvez essa palavra que ateou fogo à pólvora.

Alexandra falou num tom ácido de zombaria que ele não conhecia. Ela fingiu se espantar com a negligência dos americanos, a prudência dos ingleses se abrigando sobre o encouraçado de sua ilha. E com mais ânsia ainda, disse estar enojada com a França, pela moleza de seus chefes de guerra, pela traição de seu governo. Eles tinham, sem dúvida, em seu espírito a lembrança do exército exangue mas vitorioso do desfile de 1919. Quanto ao de 1940... Ela falou de covardia, de esquiva, de conforto comprado com compromissos espúrios.

"Mas é que fomos vencidos..." Jacques Dorme não elevou a voz para dizer isso. Falou com a entonação de quem aceita os argumentos do outro e procura simplesmente trazer seu testemunho sobre os fatos.

Eu não saberia jamais o que um soldado francês como ele poderia responder. Terá evocado a Batalha das Ardenas? A de Flandres? Ou talvez os combates em que tombaram seus companheiros de esquadrilha? De qualquer forma, parecia se justificar. Alexandra cortou-lhe a palavra: "Você me permitirá ao menos imaginar um país que se levanta todo e expulsa os boches, em vez de pactuar com eles. Sim, um país que resiste. É isso que os russos estão fazendo. E já dá para ver que os alemães não são imbatíveis. Só que quando não se tem vontade de correr riscos...".

"Você diz o que se dirá depois da guerra, o que dirão as pessoas que não a terão feito." A voz de Jacques Dorme permaneceu calma, um pouco mais seca talvez. Agastada, Alexandra quase gritou.

"E essa gente terá razão! Porque se os franceses tivessem mesmo decidido fazer a guerra..."

"Se eles tivessem realmente decidido, ela teria acontecido no território da França..."

Jacques Dorme pegou o mapa do mundo dobrado sobre um aparador, abriu-o sobre a mesa no meio dos pratos do almoço e repetiu: "Teríamos tido isso...". Sua mão segurava uma caixa de fósforos e essa caixa recobriu quase por completo o hexágono roxo da França, deixando sobressair apenas o nariz de Finistère e a margem alpina. Depois, sobrevoando a Europa, a caixa veio pousar sobre a União Soviética, sobre o território conquistado pelos nazistas. Havia espaço suficiente para quatro caixas de fósforos. "Quatro vezes a França... disse ele num tom duro. E, sabe, eu vi essas quatro Franças devastadas, cidades arrasadas, estradas cobertas de cadáveres. Eu os atravessei, esses quatro territórios franceses. Isso é para te dizer o que vale o exército dos boches. Quanto aos russos, eu os vi de todos os tipos, vi até um que, com os braços cortados por estilhaços de obus, apertava com os dentes o fio telefônico rompido, cobre com cobre, e um pedaço de trapo por baixo, segundo as instruções, e ele morreu com os dentes cerrados... Vão perder dez milhões de homens nesta guerra, talvez mais. Perder, entende? Dez milhões... Isso é tudo que a França poderia oferecer em homens sãos."

Ele dobrou o mapa, guardou no aparador. E de novo com a voz calma que não pretendia julgar mais nada, acrescentou: "Aliás, em maio de 1940, nós também não tínhamos um 'segundo front'...".

De noite, ele veio, usando uma camisa branca, as faces lisas, os sapatos bem engraxados. Eles sorriram, falaram evitando qualquer retorno ao tema da disputa. "Você vai ver, é uma pequena surpresa", ela repetiu no caminho. Na véspera, o diretor do hospital militar tinha pedido que ela participasse do concerto que seria organizado antes da evacuação de todos os feridos: o front se aproximava. Haveria, ele explicou, várias cantoras e (ele contava com ela) um casal que dançaria uma valsa. A sala fora arrumada não no hospital, abarrotado de leitos, mas num depósito de trens de onde, por uma noite, tinham retirado as locomotivas.

Quando entraram, ela fez um movimento de recuo. A surpresa foi maior para ela do que para ele. Centenas de olhares fixavam o estrado ainda vazio, inúmeras fileiras cerradas de homens sentados, todos ao mesmo tempo diferentes e parecidos e cuja massa viva se estendia até o fundo daquela construção muito longa de tijolos e se perdia na escuridão, dando a impressão de se prolongar, fileira após fileira, até o infinito. Ela estava acostumada a vê-los separados nos quartos, abarrotados decerto, mas onde as numerosas mutilações e seus sofrimentos ainda tinha feições individuais. Ali, naquela sequência de dor, o olhar via apenas uma mesma matéria mortificada. Ondulação de cabeças pálidas, branquejadas pelos curativos.

Meia dúzia de mulheres cantava em coro, sem acompanhamento. Vozes ressoavam, nuas, e mesmo nas canções joviais deixando fremir uma corda muito tensa, muito perto do choro. Os aplausos eram pouco sonoros: muitos braços na tipoia e cotos no lugar de braços.

Agora, era sua vez. Uma enfermeira arrumou uma cadeira na beira do palco. Dois soldados vieram colocar ali um estropiado, um homem jovem, com uma exuberante cabeleira ruiva e ar decidido. Trouxeram um acordeão. Como num sonho, Alexandra e Jacques Dorme subiram nas tábuas que cheiravam a madeira fresca.

A memória dos corpos rapidamente a leva consigo com o receio de não se lembrar do movimento. O acordeonista tocava com um imperceptível atraso sobre o ritmo de uma valsa como se quisesse vê-los dançar o máximo de tempo possível. Rodopiando, eles viam o fogo de sua cabeleira e este contraste dilacerante: um sorriso largo, o clarão dos dentes e os olhos carregados de tristeza. Em breves intervalos, notavam também os olhares dos feridos, fileiras de centelhas que queimavam seus corpos de dançarinos. Nada restava de sua disputa do dia anterior. Todas as palavras eram fuziladas por esses olhares. Um avião passou voando muito baixo e, durante alguns segundos, abafou as notas. Eles seguiram rodopiando nesse alarido e depois, como numa onda, recaíram na música que retornara.

No fim, tinham a impressão de estar sós, de dançar numa sala deserta, o rosto de um refletido nos olhos do outro. Ela pestanejou várias vezes para expulsar as lágrimas.

Dois dias mais tarde, houve aquela manhã fria e, de noite, a partida. Antes de subir no trem, ele já estava misturado com os membros da futura esquadrilha, com sua nova vida. O trem pôs-se em movimento, os homens falaram mais alto, mais alegremente, lhe pareceu. Ela teve tempo de encontrar uma vez mais seu rosto, ao lado da fisionomia sorridente de um rapagão que saudava alguém sobre a plataforma; depois a noite misturou os vagões numa única parede sombria... Voltando para casa, ela escutava no íntimo as palavras que ele lhe dissera de manhã, enquanto caminhavam à beira do rio. "Depois da guerra, você vai precisar pensar de qualquer forma em voltar ao país... Mas sim, eles vão deixar você partir. Você vai ser a mulher de um francês, se aceitar casar comigo, é claro. E vai voltar a ser francesa, e eu vou te mostrar a minha cidade e a casa onde nasci..."

Ela falava devagar, interrompendo-se como se quisesse escutar o vento que polia a estepe ou para acompanhar com o olhar um pássaro no céu de julho. Ou talvez essas pausas correspondessem, em sua memória, a longos meses sem notícia de Jacques Dorme? Eu deixava minha vista percorrer um ribeirão estreito de onde vinha um véu de frescor, para além dos ramos dos salgueiros e amieiros que nos protegiam com sua peneira ondulante. As margens estavam rachadas pelo calor, a corrente quase imóvel parecia diminuir a olhos vistos, aspirada pelo sol. Eu imaginava em seu lugar uma vasta extensão de água, num longínquo mês de maio, um lago noturno e duas silhuetas de banhistas recortados contra o azulejar de um temporal mudo.

Restavam-lhe poucas coisas para me dizer. Ela não falou dos combates em Stalingrado, sabendo que na escola eles nos eram contados a cada ano, com o apoio de testemunhos de veteranos. Nem do inferno vivido na retaguarda, nos vilarejos transformados em vastos hospitais de campanha. Depois da partida de Jacques Dorme e durante os três anos que duraram seus voos sobre a Sibéria, ela tinha recebido quatro cartas. Transmitidas de mão em mão pelos militares em trânsito: o único meio de enviar uma correspondência do deserto polar onde estava baseada a esquadrilha e, sobretudo, de despistar a vigilante caça aos espiões.

O trabalho dos pilotos na linha Alasca-Sibéria, a Alsib, era duplamente secreto. Durante a guerra, era preciso ocultá-lo dos alemães. Depois, dos próprios soviéticos: a Guerra Fria acabava de começar, e o povo não devia nem saber que aqueles imperialistas americanos tinham fornecido a seu aliado russo mais de oito mil aviões para o front do leste. Tudo que Alexandra ficaria sabendo viria daquelas quatro cartas, de uma única foto e das conversas com um camarada a quem Jacques Dorme pedira que a procurasse, um compromisso que os homens da esquadrilha assumiam uns com os outros pensando nos seus. Havia também aquela viagem que ela tentaria no começo dos anos cinquenta, na esperança de encontrar o lugar de sua morte. Ela relataria poucas coisas dessa viagem: a lembrança de uma região quase inacessível, recortada aqui e ali pelo arame farpado dos acampamentos, e em resposta a suas perguntas, um mutismo prudente, uma ignorância real ou fingida.

Ela soube me fazer imaginar contudo – quase reviver – a época dessa ponte aérea escondida do mundo. Entre os itinerários percorridos ou sonhados de minha vida, a Alsib foi um dos primeiros a inscrever em mim seu espaço e sua vertigem. Cinco mil quilômetros do Alasca a Krasnoiarsk, no coração da Sibéria, cerca de vinte aeroportos colocados sobre o *permafrost** da tundra, e seus nomes, misteriosos como os das etapas de uma busca: Fairbanks, Nome, Uelkal, Omolon, Seimtchan... A violência dos ventos árticos que derrubava os homens e os arrastava sobre o gelo onde a mão não encontrava nada para agarrar. O ar, em menos sessenta, no qual a boca parecia morder uma revoada de lâminas de barbear. Esquadrilhas que se revezavam, de um aeródromo a outro, sem repouso, sem direito à fraqueza, sem a desculpa das intempéries, das tempestades magnéticas, da sobrecarga dos aviões. As pistas de aterrissagem construídas pelos prisioneiros dos campos, os arredores salpicados de seus

* O solo permanentemente congelado da região ártica. [N. T.]

cadáveres enregelados que ninguém se dava ao trabalho de contar. A única decomposição incidia sobre o número de aviões conduzidos por piloto: mais de trezentos para Jacques Dorme, conforme a carta de setembro de 1944. E, uma soma mais discreta, o número de aviadores mortos em acidentes: mais de uma centena, incluindo a dele, no ano-novo de 1945.

Alexandra provavelmente adivinhara além do que as cartas e conversas não lhe permitiam saber. Ela não fora festejar o ano-novo com os colegas ferroviários no 31 de dezembro de 1944. Um pressentimento vago, paciente, a sufocava. Era como se uma voz tivesse se calado ao longe, nos confins gelados da Sibéria, uma voz que não respondia mais. Quando, alguns meses depois, um amigo de Jacques Dorme veio à casa dela e contou a verdade, ela não ousou falar desse pressentimento temendo que ele visse naquilo as "superstições de uma simplória". Ela o diria a mim. Com um sorrisinho triste; e eu enrubesceria, não ousando dizer a que ponto acreditava nela, acreditava em cada uma de suas palavras, sobretudo nessa premonição que me provava a força com que eles tinham se amado.

Eu não tinha então (não sei se tenho agora) uma definição melhor do amor do que essa espécie de oração silenciosa que liga dois seres, separados pelo espaço ou pela morte, numa intuição permanente das dores e dos instantes de alegria vividos pelo outro.

A dor era, naquele dia, observar um pesado Douglas C-47 que tinha conseguido seguir como uma fera ferida que deixa um rastro de sangue: apesar de uma tempestade de neve, sobre uma encosta rochosa onde o aparelho se despedaçara, esse longo rastro fulvo, a cor do combustível, esguichado no meio do branco infinito. Uma cor quente nesse mundo de gelo. Vidas quentes repentinamente aniquiladas, das quais Jacques Dorme se lembrava ainda dos rostos, das vozes...

O aperto de mão daquele piloto que, antes de subir no avião, tinha lhe falado do filho de três anos que ficara em Moscou. Um caloroso aperto de mão.

Naquele frio, todo líquido congelava nas entranhas das máquinas. O óleo ganhava consistência gelatinosa. E até o aço se tornava frágil como vidro. O ar tentava dissolver os aviões na sua substância de cristal. Os pilotos passavam bem perto da zona que batia os recordes do frio terrestre: "Menos setenta e dois graus!", tinha anunciado a Jacques Dorme seu mecânico russo com uma ponta de orgulho.

A alegria era conhecer uma técnica para lutar contra a carapaça de gelo que, durante o voo, se espessava e pouco a pouco envolvia todo o avião. Era preciso mudar regularmente o regime do motor: as vibrações, variando, trincavam a crosta de gelo.

A alegria era pensar que mais uma dezena de aviões se dirigia para Stalingrado, onde o começo da batalha dependia talvez da chegada a tempo desses dez aparelhos. Ou mesmo desse único caça que ele conduzia, ele, desse Aircobra sobrecarregado por um reservatório extra de seiscentos litros sob a fuselagem, como distâncias siberianas exigem. Ele não era crédulo, sabia que no monstruoso corpo a corpo de dois exércitos, daqueles milhões de homens que matavam uns aos outros, em Stalingrado, aquele pedaço de ferro não pesaria muito. Contudo, a cada voo, aquela certeza irrefletida voltava: era aquele avião que garantiria que não destruíssem uma velha casa de madeira com ramos de cerejeira embaixo das janelas.

Em abril de 1944, ele se tornou o que na linguagem dos pilotos se chamava "um líder". No comando de um bombardeiro – um Boston ou um Boeing 25 –, ele guiava agora dez ou quinze Aircobra, sentindo de maneira bem diferente o peso daquela pequena esquadrilha no equilíbrio da guerra.

A alegria estava na confiança que os outros depositavam nele, na luz convalescente do sol polar que se mostrava cada vez mais demoradamente, na dedicação do pessoal no solo, que, em tempos de nevasca, demarcava as pistas com ramos de pinheiro. E também no pensamento de que aqueles voos do fim do mundo aceleravam a libertação de seu país natal.

Um dia, foi-lhe dado sentir um choque que nenhum risco mortal teria provocado. Ele acabava de aterrissar e, ainda entorpecido por muitas horas de voo, viu uma fileira de prisioneiros ao lado do aeródromo. Fazia uma semana, da manhã ao entardecer, que esses homens quebravam o gelo, instalavam lajes de aço, revestiam-nas com o saibro das novas pistas. Naquela noite, eles se afastavam, em fila indiana, no meio dos amontoados de neve. Os guardas os enquadravam apontando as metralhadoras para aquela massa humana transida de frio e cambaleante de fadiga. Jacques Dorme os seguiu com o olhar, buscou os olhos dos outros pilotos, mas eles se viravam, apressados para se instalarem ao abrigo do vento, para comer... Uma metralhadora disparou no momento em que ele também ia transpor o umbral. Ele viu o que tinha precedido o disparo. Um prisioneiro havia escorregado e, para não cair, afastara-se um pouco da fila. Um guarda atirou sem esperar, o condenado caiu, a fila parou por um instante, depois retomou o movimento cambaleante. Jacques Dorme se lançou na direção do guarda, sacudiu-o, gritou sua cólera. E ouviu uma voz indiferente: "Aplicação do regulamento". Depois, mais baixo, num tom de desprezo raivoso: "Quer também um par nos colhões?". Um piloto agarrou Jacques Dorme pelo braço, arrastou-o com firmeza para o pessoal da esquadrilha...

Durante a refeição, ele sentiu que as vozes estavam alteradas pela impossibilidade de admitir, pela vergonha também. A vergonha de que um estrangeiro tivesse visto aquilo. A única coisa verdadeira que ele aprenderia, naquele jantar, seria o "regulamento", as palavras repetidas mecanicamente pelos guardas antes da partida da coluna de prisioneiros: "Um passo à esquerda, um passo à direita, atiro sem avisar".

De noite, na carlinga negra de um Douglas de transporte que os levava a sua base, ele permaneceu acordado, os pensamentos retornando sem cessar àquele país estrangeiro cuja língua ele já falava bem, que acreditava conhecer tão bem e que não compreendia, que se recusava às vezes a compreender. Ele o comparou à França e fez então esta reflexão que o deixou perplexo: aquele país também estava ocupado. Como a França. Não, pior que a França, porque fora ocupado por dentro, pelo regime que o governava, pelo espírito daquele regulamento: "Um passo à esquerda, um passo à direita...".

A lembrança daquela morte impedia a alegria fácil que ele sentia antes: a luminescência doce, azulada, do painel de bordo dos Boston, bem mais agradável que a claridade crua dos aviões russos, o conforto quase supérfluo da cabine e, na aterrissagem, uma mecânica perfeitamente obediente. Na descida para a pista, ele se lembrava agora da fila indiana de prisioneiros e daquele que tinha estrebuchado num caminho de gelo.

Lembrou-se dele no fim do mês de agosto de 1944, mas de uma maneira nova. Naquele dia, todos os seus camaradas, os pilotos e os mecânicos, o felicitavam desde a manhã: acabavam de saber da libertação de Paris. Respondendo às felicitações, Jacques Dorme se perguntava o que eles saberiam da França. Em suas exclamações, voltavam a Comuna de Paris, Maurice Thorez e, coberto de opróbrio e deformado pela ausência de sons nasais em russo, o nome do marechal Pétain. Ele nem tentou explicar, sentindo-se enfim livre do peso da derrota francesa pela qual, às vezes, nas conversas, as pessoas pareciam censurá-lo. No momento, eles riam e diziam que, com a expulsão de Hitler, o povo francês acertaria as contas com os capitalistas e começaria a construir o comunismo. Um pouco ensurdecido pelas vozes, ele imaginava que gênero de livro eles teriam podido ler sobre a França. O relato de Alexandra voltou a sua memória: aquela coletânea de textos que ela desencavara na biblioteca de uma cidade siberiana, lugar onde lhe fora atribuída residência. Textos de autores franceses traduzidos para o russo, entre eles um poema, verdadeiro "Hino à GPU"...

Na monotonia do voo, ele evoca Paris a si, o júbilo popular, as janelas abertas sobre um belo céu estival. E principalmente as varandas dos cafés, uma vida sentada à mesa, volúvel, leve, feita de fragmentos de palavras, de trocas de olhares, da conivência dos corpos que se roçam... Sob as asas do Boston, atravessando uma fina camada de nuvens, erguiam-se as cristas do planalto infinito da Kolyma, ainda tingido de verde e animado por cursos d'água. Dentro de alguns dias, pensou, tudo isto estará branco. E sua vida... Restariam apenas aquelas fileiras de retângulos, os barracões e os mirantes do campo, marcos fiéis dos pilotos no meio dessa imensidão montanhosa sem referências. A única baliza, aqueles milhares de vidas humanas concentradas naquele nada. Ele reviu mentalmente as pequenas mesas redondas dos terraços e imaginou que o autor do "Hino à GPU" devia estar sentado, naquele exato momento, numa daquelas mesas, conversando com uma mulher, pedindo café ou vinho, comentando o passado, criticando o presente, exaltando o futuro. Jacques Dorme compreendeu, de repente, que jamais se poderia contar a esse autor o infinito que se estendia sob as asas do avião, nem o regulamento "um passo à esquerda, um passo à direita", nem a morte do prisioneiro que tinha estrebuchado... Não, impossível. Ele sentiu um espasmo muscular enrijecer-lhe a mandíbula. Lá em sua mesa de café, eles falavam uma outra língua.

Foi durante esse voo que, pela primeira vez, Jacques Dorme se viu estrangeiro no país onde nascera.

Ele não reconheceu prontamente o homem de couro preto. Ademais, este se parecia muito pouco com o pequeno inquisidor que matara Witold. Menos ainda com o segundo, o gordo histérico que ordenava a decolagem de um avião sobrecarregado. Aqueles dois reprimiam quando a guerra parecia perdida. Tinham mais medo que os soldados a quem ameaçavam. O homem que Jacques Dorme viu em dezembro de 1944 tinha já a confiança de um vencedor. Era pequeno e magro como o primeiro, mas a jaqueta de couro tinha um forro espesso. Ele a sacudiu virada do avesso quando um pouco de geada caiu de uma hélice cujas características, ninguém compreendia por quê, ele queria conhecer. Sua curiosidade desconcertava. Os pilotos tinham a impressão de sofrer um interrogatório cujas perguntas muito simples eram apenas um meio de confundir o interrogado. Às vezes, ele sorria, e Jacques Dorme notou que no mesmo instante o sorriso desaparecia dos rostos.

O homem inspecionava os aviões, fazia suas perguntas estranhas que seriam julgadas estúpidas se não tivessem dupla finalidade, jamais escutava até o fim, sorria. Todo mundo compreendia que ele viera porque a guerra ia chegar ao fim e Moscou tinha necessidade de lembrar quem era o chefe. Mas os pilotos ainda não podiam adivinhar que os americanos, que entregavam aqueles incontáveis Douglas, Boeing e Aircobra, iam logo se tornar inimigos e que todos os que tinham participado daquela ponte aérea seriam suspeitos. O homem de couro preto estava lá para localizar os extraviados, prevenir o contágio ideológico.

No final de sua inspeção, ele convocou os responsáveis da base e os "líderes" das esquadrilhas. Falou do relaxamento da disciplina comunista, da baixa vigilância de classe, mas, sobretudo, criticou os graves erros na organização dos voos. "O comando tolerou uma anarquia total", martelou. "Os bombardeiros voavam nos mesmos grupos que os caças e os aviões de transporte. Eu os convoco a pôr fim nessa desordem. Os caças devem voar com os caças, e os bombardeiros..."

Os pilotos trocavam olhares furtivos, esfregavam a testa. Esperava-se secretamente que o homem de couro começasse, de repente, a rir, e anunciasse em tom de gozação: "Peguei vocês, hein!". Mas sua voz prosseguia, acusadora e metálica. Quando ele falou do traçado incorreto dos itinerários de voo, um piloto interveio, com atraso, como se tivesse precisado de tempo para se decidir: "Mas, camarada inspetor, um Boston tem meios de ligação bem mais...". Ele queria dizer que um bombardeiro estava mais bem equipado de meios de navegação que um caça. O homem de couro baixou a voz, quase sussurrou, e foi esse sussurro ameaçador que cortou a palavra do piloto melhor do que um grito teria feito: "Vejo, camarada tenente, que os contatos com o mundo capitalista lhe foram muito úteis...".

Durante alguns segundos de pesado silêncio, ouviu-se apenas o fustigar da nevasca incansável contra os vidros e o rangido do cascalho que os prisioneiros despejavam numa pista. Muito fisicamente, pela pele, Jacques Dorme sentiu a fragilidade da fronteira que separava, naquele país, um homem livre, esse tenente que se calava olhando as mãos grandes pousadas sobre a mesa, e aqueles prisioneiros cuja única identidade era um número costurado na roupa acolchoada.

"Tudo bem, sobre esses contatos veremos depois da vitória", recomeçou o inspetor. "Mas, agora, é preciso pôr ordem nesta bagunça. Este mapa indica os itinerários mais diretos entre os aeródromos. De agora em diante, vocês passarão por Zyrianka, e não por Seimtchan. Centenas de quilômetros ganhos e uma consequente economia de combustível. Eu me pergunto por que os chefes de esquadrilha não pensaram nisso antes. A menos que o trajeto mais longo lhes tivesse sido aconselhado pelos representantes americanos..."

Ninguém disse nada dessa vez. Sobre o mapa, um traço reto, com uma aplicação escolar, riscava uma linha que partia do Alasca e atravessava a Sibéria. Na sua lógica geométrica, ela passava mais perto de Zyrianka, um dos aeródromos auxiliares, muito ao norte do trajeto habitual. Uma pista de emergência, prevista para os dias em que as de Seimtchan desapareciam sob a nevasca. O lápis do homem de couro tinha riscado as terríveis cadeias dos montes Tcherski, desertos árticos, rincões ainda menos explorados que as regiões sobrevoadas pelo itinerário da Alsib... Quando ficaram sós, os pilotos olharam demoradamente aquele mapa com a teimosa linha a lápis. Seu absurdo era claro demais para comentar. "A linha do partido...", murmurou o tenente que tinha interferido pouco antes.

Eles sabiam que o inspetor não podia voltar a Moscou sem prestar contas das atitudes hostis que tinha desentocado, dos erros que havia corrigido. Todo o país funcionava assim, denunciando, açoitando, batendo recordes e superando os planos. E mesmo na segurança de Estado à qual pertencia o inspetor ("a GPU..."), pensou Jacques Dorme, era preciso superar os planos, prender mais pessoas que no mês anterior, fuzilar mais que os colegas...

Eles discutiram brevemente a composição dos voos para o dia seguinte e foram dormir. Fora, na escuridão da noite polar, os prisioneiros continuavam cavando a terra gelada de uma nova pista.

Após uma hora de voo, Jacques Dorme transmitiu esta mensagem ao grupo de aviões que comandava: "Sigam a segunda. A aterrissagem em Z é impossível. Direção S". Na véspera, de noite, tinha conseguido convencer o pessoal da sua esquadrilha de que a melhor solução era irem, como de hábito, para Seimtchan. Apenas ele iria para Zyrianka, de onde chamaria a base. O inspetor, que partiria no dia seguinte, não teria tempo de fazer uma investigação.

Ele fez uma lenta virada para a direita e, na penumbra cinzenta que significava o dia, viu os reflexos do Aircobra se inclinando para o sul.

Os minutos escoaram, unindo aos poucos o homem a sua máquina, harmonizando os sacolejos do aço à pulsação do sangue. O corpo se ofereceu à vida mecânica, desapareceu na cadência do motor, que, às costas do piloto, modulava periodicamente o rumor de suas vibrações. O olhar perdido na monotonia desse dia em que o sol não ia se levantar, depois voltado para o pontilhado luminoso do painel de bordo. O homem estava incluído no movimento desse habitáculo voador e, ao mesmo tempo, muito ausente. Ou melhor, presente em outro lugar, longe do céu cinzento, daqueles montes Tcherski cujos desertos gelados começavam a se escalonar. Um lugar feito de uma voz de mulher, dos silêncios de uma mulher, do sossego de uma casa, de um tempo em que ele se sentia eterno. Esse tempo se desdobrava longe do que se passava no avião, em volta do avião. A violência do vento obrigava a manobrar, a acumulação de geada impedia a visão. Em certo momento, ficou evidente que as pistas de Zyrianka tinham ficado mais a nordeste e que era preciso voar numa altitude mais baixa, com o risco de raspar numa crista, observar, se concentrar, não se submeter ao pânico. Esse lugar longínquo que ele adivinhava em si lhe dava forças para ficar calmo, evitar o giro essa maldição dos Aircobra, não verificar a cada instante o nível do combustível. Não se reduzir ao homem que quer a todo custo salvar a própria vida.

Ele conservaria a sensação desse lugar distante até o fim, até a luminescência violeta do fogo boreal que inflamaria o céu.

Alexandra terminou seu relato quando pegávamos o caminho de volta. A noite já caía sobre a estepe. Ela falou de sua viagem aos antigos aeródromos da Alsib, a maioria abandonada após a guerra, daquele pico no sul da cadeia Tcherski, três rochedos em feixe que os habitantes chamavam de Tridente e que ela não conseguira alcançar.

Eu andava ao lado dela sobre o mato seco cuja ondulação infinita hipnotizava o olhar pela alternância, sob o vento, do malva e do dourado. Os detalhes de sua viagem se gravavam em minha memória (o que me ajudaria, um quarto de século depois, a encontrar os lugares de que tinha me falado), mas a admiração que eu sentia fora provocada por outra coisa. Em toda a sua estatura, o homem que me era desconhecido uma semana antes se erguia diante de mim. Jacques Dorme, cujo destino eu percebia como um todo vivo e luminoso.

Cada olhar sobre os homens e o mundo tem sua parcela de verdade. A do adolescente de treze anos andando na estepe do Volga não era menos verdadeira que meu julgamento de adulto. Ele tinha até uma vantagem certa: não conhecendo a análise, a escavação psicológica, a retórica sentimental, operava por entidades, por blocos.

Esse era o Jacques Dorme que surgira diante de mim no fogo do poente. Um homem talhado da própria matéria de sua pátria, aquela França que eu descobrira em minhas leituras e nas conversas com

Alexandra. Ele reunia em si os traços que me recordavam "o mais belo e puro soldado da velha França", e o guerreiro do "Último esquadrão", e o imperador banido que voltava à terra natal a bordo do *Holandês Voador*, e os "quatro cavalheiros da Guiana". O germe dessa substância humana era até mais sutil. Eu discernia não os personagens e seus gestos, mas o halo denso de sua vida. O espírito de seus esforços terrestres. Sua alma.

As provas da objetividade dessa visão não existiam. Minha certeza bastava. Ela, e também aquela foto que Alexandra me mostrou quando voltamos. Um retângulo com as bordas amareladas mas guardando a nitidez cortante do preto e branco. Uma vintena de pilotos, trajando jaquetas de pele de ovelha do avesso, calçando pesadas botas de pele de rena. Aviadores americanos reconhecíveis pelas roupas mais leves, mais elegantes, mais "piloto de cinema". Alguns civis também, oficiais de casacos soturnos. A foto provavelmente fora tirada depois de uma cerimônia, porque se via num canto do clichê o reflexo metálico de uma orquestra militar. Os hinos soviético e americano acabavam de ser tocados com certeza... Guiado por Alexandra, encontrei Jacques Dorme. Ele não se distinguia dos outros nem pelo físico, nem pelas roupas (a mesma jaqueta três-quartos, as mesmas botas). Aliás, eu teria conseguido reconhecê-lo sem a ajuda de Alexandra. Dentre os pilotos que começavam a sair das fileiras depois da posição de sentido exigida pelos hinos, só ele continuava imóvel, o rosto marcado por certa gravidade, o olhar distante. Era possível dizer que ele ouvia um canto inaudível pelos outros, um hino que a orquestra teria esquecido de tocar.

Levei algum tempo para compreender que a solidão de Jacques Dorme, mesmo cercado por uma multidão de pessoas, o aproximava do velho gigante que eu vira diante de um monumento aos mortos, aquele general francês que interrompera seu discurso e deixara o olhar se perder na imensidão da estepe.

No dia seguinte, à noite, deixei a casa de Alexandra. Precisava voltar ao orfanato meio vazio do passado, preparar-me para uma nova vida. Dentro de um trem de subúrbio abarrotado, consegui por um instante distinguir Alexandra sobre a plataforma tomada pelos veranistas. Ela não me via, seus olhos percorriam com ansiedade a fileira de janelas. Com uma mão hesitante, ela fez um sinal de adeus ao homem que não conseguia discernir entre todos aqueles semblantes. Ela me pareceu ao mesmo tempo rejuvenescida e sossegada. Pensei em outra partida, naquele comboio que em maio de 1942 levara Jacques Dorme para o leste.

A vida dessa mulher me pareceu, de repente, uma pesada acusação. Ou ao menos uma forte censura, uma censura muda àquele país que devastara tão cruelmente sua vida. Um país que tinha tragado uma mulher muito jovem e agora expelia, nesta plataforma suja, uma velha dama desamparada, perdida entre os rostos bronzeados. Pela primeira vez na vida, acreditei que essa censura me visava, também a mim, que eu também era, de uma maneira difícil de formular, responsável por essa velha existência solitária, reduzida à grande miséria, esquecida numa construção muito antiga, num vilarejo enfiado sobre trilhos à beira das estepes desertas. Depois de tudo o que ela tinha feito, dado, sofrido por aquele país... As pessoas que me cercavam acotovelando-se no trem, carregadas de caixotes de legumes que colhiam em suas hortas, tinham o semblante plácido, marcado por uma felicidade rotineira, natural. Aquela felicidade simples que ela nunca teve, pensei enquanto os observava. Não uma felicidade qualquer, não, uma simples e feliz rotina dos dias, uma vida em família, na agradável e previsível ronda dos pequenos fatos da existência.

A partir daquela noite eu me poria a reinventar sua vida, como se, sonhando-a outra, pudesse expiar o mal que meu país lhe tinha feito. O hábito que tínhamos no orfanato de refazer o destino de nossos pais caídos em desgraça me ajudaria bastante. Teria bastado pouco para que seu marido não fosse fuzilado (quantas vezes eu tinha ouvido falar daqueles condenados salvos por milagre da época stalinista), para que eles tivessem tido filhos, para que ela vivesse não naquela velha casa preta, mas ali, por exemplo: eu olhava uma bela fachada com varandas enquadradas por molduras bonitas. Ela teria feito as suas preleções não ao jovem bárbaro que eu era, mas a uma criança fina e sensível, ao neto, e também à neta talvez, duas crianças que a ouviriam de olhos arregalados.

A realidade varria com frequência esses devaneios. Mas eu me apegava muito a eles, pensando que ao menos nessa vida que renascia eu poderia dar a Alexandra seu verdadeiro nome. E sua língua também, que às vezes, quando ela me falava em francês, perdia uma palavra, uma expressão que ela buscava desesperadamente, com um ligeiro sinal de aflição no olhar. Não era, eu adivinhava, um esquecimento banal, nem uma falha da memória causada pela velhice. Não, era uma perda absoluta, o desaparecimento de todo um mundo, sua pátria, que se apagava, palavra por palavra, no fundo das estepes nevadas onde ela não tinha ninguém com quem falar em sua língua.

7

Chegado à cidade natal de Jacques Dorme, não me senti expatriado. Em Paris, tinha morado na Rue Myrha, que atravessa a confusão africana de Barbès. Tinha me alojado também em Aubervilliers, depois na periferia de Montreuil, mais tarde em Belleville, onde acabei não notando mais a estranheza desse novo país.

Essa cidadezinha do norte era bem esse país.

A prefeitura, numa praça muito limpa, parecia as velhas parisienses encontradas, às vezes, perto de Barbès: sobreviventes de uma outra época, vestidas e penteadas com esmero, elas caminhavam com passos curtos, intrépidas, em meio à mistura humana dos continentes triturados...

A ilhota protegida da prefeitura era, aliás, muito pequena. A rua principal, bonita no começo, logo se sufocava e se esboroava em fachadas ásperas, com janelas estreitadas por perpianhos. A vitrine de uma confeitaria estava crivada de incontáveis colisões tapadas com compensado.

Um cartazete anunciava: "Fechado por causa do saco cheio!". Consultei meu guia, virei à esquerda.

Ao telefone, o irmão de Jacques Dorme tinha me aconselhado tomar um táxi na estação: "É meio longe, estamos no limite da cidade...". Mas eu tinha necessidade de andar, de ver essa cidade, de adivinhar como ela devia ser meio século antes. Não podia aceitar a ideia de descer de um táxi, tocar a campainha da porta e entrar, como um *habitué* do lugar.

Uma lambreta passou a toda a velocidade, raspou em mim, serpenteou entre as latas de lixo viradas. Uma garrafa de cerveja rolou a meus pés, não compreendi se eu tinha sido o alvo ou não. A placa com o nome da rua estava manchada de vermelho. Levei algum tempo para decifrar: Henri Barbusse. Presos num varal sob uma janela quebrada, ondulavam trapos de pano. O vidro fora substituído por um saco de plástico azul, uma mancha de cor inesperada sobre uma parede marrom-acinzentada. Outra janela, no térreo, quase insólita com suas flores e cortininhas claras. E no ar mortiço de dezembro, essa velha mão atirando os panfletos, esse rosto enrugado e o reflexo dos cabelos brancos, esse olhar que respondeu ao meu: uma mulher que talvez vivesse ali desde a época de Jacques Dorme.

A cidade logo se achatou sob os telhados dos armazéns vazios e das garagens abandonadas, fragmentou-se em casinhas moribundas. As habitações modernas fizeram então sua aparição, tendo esperado o esgotamento da cidade para erguer suas torres e, entre elas, prédios de quatro ou cinco andares. Inconscientemente, eu as comparava com periferias moscovitas, achando as casas dali bem mais arrumadas e com uma arquitetura mais humana... Foi nesse momento que percebi uma entrada queimada como a garganta de um forno enorme, uma fileira de caixas de correio jogadas sobre um gramado coberto de sacos de lixo. As pessoas que via pareciam apressadas para entrar e me evitavam assim que eu tentava me aproximar para perguntar o caminho. Duas mulheres, uma muito idosa, o rosto marcado de tinta azul, a outra, jovem, velada, me escutaram, me examinaram perplexas como se o lugar que eu procurava tivesse sido atingido por algum interdito. A jovem me indicou a direção com um gesto vago, e eu a vi se virar para mim ainda com aquele ar de incredulidade.

A zona dos armazéns era separada das novas habitações pela Avenue de l'Égalité, que se estendia ao longo de um muro poroso, escurecido. Só percebi que se tratava de um cemitério já em frente ao portal. Um dos batentes tinha sido arrancado e pendia do gonzo de cima. Entrei, sem verdadeiramente entrar, dando apenas uma espiada nos primeiros túmulos. "O quartel de Verdun", lia-se num pequeno marco. As cruzes tinham a forma de espadas: todas enferrujadas demais para que se conseguisse ler o nome, algumas quebradas, caídas no meio de cacos de garrafas, jornais velhos, excrementos de cães. Fora, um carro passou, espalhando uma vociferação escandida, os gritos reivindicativos de um cantor. O silêncio voltou afinado pelo farfalhar dos galhos nus ao vento.

Vi o outro carro quando, contornando o cemitério, eu me preparava para mergulhar nas alamedas residenciais. Um carro cercado por cinco ou seis jovens, ou melhor, imobilizado por eles numa esquina. Não era uma agressão propriamente dita. Eles davam pontapés na lataria, subiam rindo no capô, puxavam os trincos. O motorista, que tentava se levantar para rechaçá-los, era obrigado a ficar curvado, nem sentado nem de pé, porque eles apertavam sua perna com a porta. Um deles, com uma lata de cerveja na mão, bochechava e cuspia a espuma no interior do carro.

Foram talvez essas cusparadas que me impeliram até o grupo. Notei o pé do motorista, um sapato preto fino, meias de cano longo, e a pele muito branca descoberta pela calça que a beirada da porta tinha arregaçado, uma pele de velho riscada por veias escuras. Não havia nada de heroico no meu impulso, apenas a súbita incapacidade de tolerar a visão daquele pé velho que raspava comicamente o asfalto. Aliás, o caso da minha intervenção teria sido bem outro sem aquelas duas lambretas que apareceram de repente de trás do muro do cemitério disputando uma corrida pelo entrelaçado das ruelas. Quatro dos jovens que se agarravam no carro saíram correndo para ver o racha, dois outros ficaram, achando mais divertido molestar o motorista.

Um deles continuava a cuspir, sufocando de tanto rir. O outro apertava a porta com todo o seu peso, e com os punhos batia no teto do carro como se fosse um tambor... Eu atingi o cuspidor sem me conter, com um soco de derrubar. Ele balançou, as costas grudadas no carro, e pude ver nos seus olhos um clarão de surpresa, o espanto de quem se achava inatacável. O rapaz se esquivou do novo golpe e saiu correndo, gritando que ia voltar com seus "irmãos". Agarrei o outro, procurando liberar a porta. Ele se contorceu, arrotando nesse francês que eu mais detestava: esse novo francês feito de porcarias verbais e aclamado como a língua dos jovens. A perna do velho continuava prensada pela porta. Eu via uma mão que tentava febrilmente subir o vidro e, no assento da direita, uma silhueta de mulher, dedos muito finos cruzados sobre uma caixa de papelão de confeitaria. Alguns segundos de bate-boca pareceram, como sempre, feios e demorados. Feios como aquele bonito rosto jovem (um rosto bonito e uma boca suja ao mesmo tempo, eu pensaria mais tarde). Demorados como o gesto do jovem que não conseguia tirar do bolso um canivete de mola. Ele apertou o botão antes da hora, e a lâmina furou o tecido da sua calça jeans. Eu apertei meu braço contra sua garganta com mais força. Sua voz afinou, se entrecortou. Por um momento, sua boca se abriu, muda; depois, de repente, seus olhos se toldaram, e logo em seguida se agitaram na recusa animal de sufocar. Seu corpo relaxou, como um boneco. Afrouxei o aperto e o empurrei para a calçada. Ele se afastou, cambaleando, esfregando a garganta, sussurrando ameaças com a voz entrecortada.

A porta bateu, o carro arrancou e virou numa alameda.

Vários minutos passados a vaguear, com um sentimento de náusea, mistura de cólera vã e medo tardio, golfadas nauseantes de medo calcadas no estridor das lambretas nas alamedas. Mas, sobretudo, a consciência muito clara da absoluta inutilidade da minha intervenção. Eu poderia estar, nesse mesmo momento, me arrastando na sarjeta com um canivete de mola entre as costelas. E isso não mudaria nada nem espantaria ninguém, tantas são as cidadezinhas parecidas e os idosos agredidos. Minha cólera se voltou então contra o motorista, que cometeu a besteira de argumentar em vez de jogar o carro sobre o rapaz. Sinto-me ainda mais distante desse país. Por que teria de me meter com sua vida, maltratar seus jovens primatas armados, brincar de cidadão com minha carta de apátrida no bolso...

O ardor dessas palavras retarda minha busca. Acabo encontrando a Allée de la Marne, mas o número 16 parece não existir. Atravesso a rua duas vezes, observo cada uma das casas com a certeza de poder reconhecer, sem reparar no número, a de Jacques Dorme. Mas o número, justamente, não está lá. Percorro a rua no outro sentido: uma sequência de casas térreas, jardins nus, a impressão de uma espera no fundo de uma sala, de uma espera muito antiga. A porta aberta de uma garagem e, do outro lado da rua, no número 11, aquela velha que enfia a mão na caixa de correio, não encontra nada, aproveita aqueles segundos para me observar. Ou melhor, finge procurar suas cartas e examina aquele pedestre esquisito que se volta sobre os próprios passos. Para não assustá-la, eu grito de longe: "O número 16, senhora?". Sua voz é estranhamente bonita, forte, uma voz de antiga cantora, se diria: "Mas está aí, senhor. Bem atrás de você...". Eu me viro, dou alguns passos. A porta aberta da garagem esconde a cerâmica redonda com o número. No interior, um homem seca com uma esponja o para-brisa do carro. Eu o reconheço de imediato: o velho com sapatos pretos finos. O irmão de Jacques Dorme. O "Capitão", como eu o chamava depois dos relatos de Alexandra.

Digo-lhe meu nome, rememoro nossas conversas ao telefone, minhas cartas. O sorriso não consegue apagar totalmente a sombra de amargura embutida em suas rugas. Não sei se ele reconhece em mim o homem que interveio agora há pouco. Não me parece. Ele fecha a garagem, me convida para entrar na casa e sobre os degraus da varanda me faz aquela pergunta que deveria ser perfeitamente banal: "Encontrou fácil? Veio de táxi?". Mas não é banal, um pequeno estremecimento sonoro trai a tensão secreta com que as palavras são pronunciadas. Ele me reconheceu, portanto... Instalados na sala de visitas, falamos da cidade, conseguindo evitar a menor alusão ao que acaba de acontecer na Avenue de l'Égalité. Sua esposa entra, me estende a mão, aqueles dedos frágeis que eu vi se crisparem sobre uma caixa de papelão enfeitada. O rosto, de uma impassibilidade asiática (ela é vietnamita), não exibe nenhum traço de emoção. "Vou trazer o chá", diz ela com um ligeiro sorriso, e nos deixa a sós.

Não tenho nada a lhe informar. Na minha primeira carta, com cerca de trinta páginas, contei, com a aplicação de um cronista, tudo que sabia de Jacques Dorme, da Alsib, da semana que o piloto passou em Stalingrado. Não, tudo não, longe disso. Como um arqueólogo, queria simplesmente que aquela história se unisse à história de seu país, como um objeto de arte nacional descoberto no estrangeiro e repatriado. Falo da minha viagem à Sibéria, da casa da Beira, da montanha do Tridente... Essa viagem, feita no começo do ano (estamos em dezembro), ainda está vibrante das sonoridades do vento, das vozes clarificadas pelo frio. Mas o entusiasmo do meu relato parece incomodar o Capitão. Ele adivinha meu objetivo: a repatriação de uma parcela da história extraviada nos desertos gelados da Sibéria oriental. Sinto seu rosto se contrair, seus olhos me olham sem ver, voltados para um passado repentinamente ressurgido diante de nós, naquela sala, naquela tarde de dezembro. Interpreto de maneira inexata sua emoção e abro meu jogo: um livro que estou preparando salvará do esquecimento o piloto francês, os jornalistas vão se interessar por ele, e como conheço o local da sua morte será possível trazer seus despojos de volta para a França, para sua cidade natal.

Eu me interrompo vendo seus lábios, que tentam um sorriso instável, penosamente esticado. Sua voz é mais alta que antes, quase aguda: "Para a França? Para sua cidade natal? Para quê? Para enterrá-lo neste cemitério transformado em lixeira? Para esta cidade onde as pessoas não ousam sair de casa? Para que ele escute isso?".

Um carro percorre a alameda, a arrebentação dos slogans cadenciada pela bateria arromba a casa. O barulho das lambretas perfura as paredes através do *rap*. O Capitão diz, ou melhor, grita qualquer coisa que não ouço. Ele percebe que não ouvi. Percebo apenas as últimas palavras: "... sob os escarros...".

O tempo congela. Olho seu rosto percorrido por tremores rápidos, os lábios retraídos e mordidos, o queixo que treme. É um velho que luta com todas as forças contra as lágrimas. Permaneço imóvel, mudo, totalmente incapaz de um gesto, de uma palavra que quebrasse esse face a face com a dor. O criticozinho parisiense que me tratará de meteco terá razão: jamais serei francês, porque não sei o que é preciso dizer numa situação dessa. Sei em russo; não saberia, e aliás não gostaria de saber, dizer em francês... Seus olhos permanecem secos, apenas avermelham.

Com uma brusca tensão da mandíbula, ele conseguiu controlar o rosto, que parecia exausto, como depois de um luto muito prolongado. Com a voz cansada, surda, ele mais tartamudeia do que diz: "Não, não, é inútil... Os jornalistas, os discursos, tarde demais... E além disso, sabe, Jacques era um rapaz muito discreto...". Vejo seus lábios se crisparem de novo. Ele se levanta, se vira para as fotos penduradas na parede. Precisa não ser visto por alguns segundos. Eu me levanto também e, postando-me atrás dele, ouço seus comentários. Numa das fotos, os dois estão na varanda da casa. Dessa casa. Dessa rua. O timbre de suas palavras é ainda irregular, escorregando, com frequência, por cima das sonoridades que incomodam.

Chega da cozinha um retinir de pratos. Ele aproveita a deixa: "Lien, está pronto, o teu chá?". A mulher aparece no mesmo instante, uma bandeja e as xícaras nas mãos, o ar de dizer: "Queria deixar vocês conversarem sozinhos, entre homens. Você não entendeu?". Ele entende, ajuda a mulher a depositar a bandeja e a retém, apertando-lhe os ombros: "Fique com nosso convidado, eu cuido do bolo...". Ele vai para a cozinha. A mulher, vendo-me perto das fotos, retoma o comentário interrompido. "Esta é em Saigon..." Um cais, o costado claro de um navio, ela e ele, vestidos de branco, jovens, os olhos pestanejando sob o sol. "Esta é no Senegal. E esta é na sua terra, Odessa, é, a famosa escadaria de Eisenstein..." Ela me fala de suas viagens, não como fazem os turistas, mas percorrendo simplesmente as etapas de sua vida.

"Li, não estou encontrando a espátula!" Ela sorri para mim, pede desculpas, vai ao encontro do marido na cozinha. Contorno as poltronas, paro na outra ponta da sala. Na parede, um retrato: um homem jovem, de rosto franco e grave, o bigode fornido, e no ângulo do clichê esta data: 1913. O pai.

Essa hora passada na casa natal de Jacques Dorme me deixou uma impressão de partida muito próxima. Não da minha partida para Paris, não. Mas a consciência clara de que nossas palavras ressoam pela última vez e de que depois daquele chá seria necessário nos levantarmos, dar uma última olhada nas fotos em suas molduras, sair desses lugares. Nós três sentíamos isso, e cada um adivinhava no outro esse começo de distanciamento, essa distância que surgiu entre nós e a casa, aquilo que é tão mais doloroso que nossas mãos ainda podem tocar o espaldar de uma velha poltrona e nossos olhos podem encontrar o olhar de um retrato na parede.

A casa deles, uma verdadeira casa familiar, está porém totalmente impregnada pela memória lenta das gerações, por esse reflexo humano que adquirem os móveis e os objetos ligando as vidas de pai e filhos, marcando os desaparecimentos, saudando o retorno dos filhos pródigos. Tenho a exata sensação de estar de volta depois de uma longa ausência, para encontrar tudo o que soubera na casa de Alexandra. O quarto onde ela lia para mim parece, em minha lembrança, estar ao lado dessa sala onde tomamos o chá. A França que eu imaginara por trás das páginas lidas está lá, no olhar dos retratos, nas palavras que ouço. Mas a casa reencontrada voltará a ser um sonho.

Nossa conversa, na qual sei que não se deve mais evocar Jacques Dorme, vacila frequentemente à beira desse retraimento. O Capitão fala da igreja que vi no caminho, uma curiosidade local. Ele se cala, confuso, relembrando no mesmo instante que eu, sem dúvida, os cantos atrás da abside sujos de urina. Ele me mostra um livro de capa vermelha e dourada, o primeiro que leu quando criança. Abre com um sorriso, declama um começo de frase, fecha bruscamente: o barulho do rodeio na rua impede de conversar. Passamos alguns segundos sem nos mexermos, trocando olhares incomodados, esperando que cesse a balbúrdia. O uivo enfático do canto permite entender uma rima: "na prisão/casaco de vison".* A luta de classes...

Saindo para o alpendre, ficamos um instante na penumbra do crepúsculo de inverno, o Capitão verificando um molho de chaves, eu tentando distinguir o fundo do jardim, cujas árvores lembram um verdadeiro bosque. Lien fala com voz perfeitamente uniforme, sem amargor: "Antigamente, a gente podia se perder nesse mato, mas agora, com esse estacionamento...". Dou alguns passos. Atrás dos galhos revela-se a construção achatada e feia de um supermercado cercado pela área asfaltada de onde chega o entrechocar metálico dos carrinhos encaixados uns nos outros. "Bom, podemos partir", anuncia o Capitão, e se inclina para beijar Lien.

Esse vocábulo simples, essa palavra "partir", subitamente explica tudo. Nós não partimos, é o país, seu país, sua França que se distancia, substituída por um outro país. Essa casa cercada de árvores

* A rima só se concretiza em francês: *en prison/manteau de vison*. [N. E.]

desfolhadas e galhos de teixos, de um verde quase preto, faz pensar no último rochedo de um arquipélago engolido.

Aperto a mão de Lien, me preparo para me despedir do Capitão, mas ele me interrompe: "Não, não, vou levá-lo de carro até a estação", e me conduz para a saída apesar dos meus protestos. Sinto que isso é para ele mais que um gesto de cortesia. Ele precisa mostrar a esse estrangeiro que eu sou que ele ainda está em sua casa, nessa rua, nesse país.

Enquanto ele abre a garagem, tenho tempo de olhar mais uma vez para a entrada, a grade do portão, a varanda. Penso que, no século que chega ao fim, essa casa assistiu duas vezes à mesma cena: um homem com uma mochila de soldado no ombro atravessa a rua, e na calçada se vira, acena para uma mulher parada perto dessa grade no número 16. Um homem que vai para o front. Essa calçada... Ali onde, uma hora antes, o carro do Capitão foi coberto de cusparadas. Na escuridão, vejo os fachos dos faróis varrendo a esquina, os motores rugem. A festa continua.

O Capitão me convida a embarcar, o carro pega a direção da esquina. Ele poderia virar antes, passar por uma das vielas transversais. Mas tornamos a passar exatamente pelo lugar onde o casal fora atacado. Uma lambreta surgiu, nos seguiu, encostada à porta, por muitos metros, depois largou a presa. Observo discretamente o rosto do Capitão. É uma máscara de lábios tensos, olhos ligeiramente apertados, como que num grande cansaço de ver.

Pouco antes de chegarmos, arrisco a sorte mais uma vez. Pergunto se aceitaria que a história de seu irmão aparecesse sob a proteção de um nome fictício, sob os traços de um personagem. Ele parece hesitar, depois me confia: "Sabe, muito novo, Jacques já sonhava em se tornar piloto. Ele tinha um ídolo. Um ás da Grande Guerra, René Dorme. Ele falava disso com tanta frequência que acabamos apelidando-o de Dorme. Nós o provocávamos: Dormiu bem, Dorme? Na escola, os colegas o chamavam sempre assim.

Ele ficava todo orgulhoso. As poucas cartas que mandou do front, assinou todas com esse sobrenome...".

No trem, eu faria desfilar por trás das pálpebras as etapas da vida do piloto francês: Espanha, Flandres, Polônia, Ucrânia, Stalingrado, Alsib... Pouco a pouco, como numa lenta acomodação óptica, essa vida adotaria o nome de Jacques Dorme.

Na carta que recebi dois anos após o nosso encontro, o Capitão dizia algumas palavras sóbrias e justas sobre o livro que eu lhe enviara, esse romance em que eu contava a vida de Alexandra, ou melhor, sonhava sua vida. Jacques Dorme não estava presente. O Capitão com certeza vira nessa ausência o respeito ao nosso acordo. Eu não tivera coragem de confessar que o piloto francês fora sacrificado porque julgado "real demais para um romance". Como o velho general no meio das estepes ensolaradas do Volga...

A carta fora redigida no francês preciso e sutil cujo uso se tornava raro na França. Atento à elegância expressiva, não discerni de imediato uma leve sombra de desgosto emboscada em suas palavras: a aprovação silenciosa de ver nosso acordo respeitado, e ao mesmo tempo aquele imperceptível desgosto de não o ver quebrado. Em suas linhas, nas entrelinhas, havia a esperança de que, por algum passe de mágica da escrita, Jacques Dorme revivesse sem ser, contudo, entregue à curiosidade ociosa de um país que ele não teria reconhecido como seu.

A contradição que eu adivinhara na carta, aquela hesitação entre o medo do esquecimento e a recusa da memória divulgada, sugeriu-me então este gênero sem pretensão: a crônica em que o único artifício seria a fidelidade à talagarça nua dos fatos. E o nome do piloto substituído por seu apelido.

Repensei essa humilde tarefa de cronista um ano depois, ao voltar a Berlim. Em nenhuma outra cidade eu vira tantos esforços para comemorar o passado nem tanta vontade de esmagar o passado sob aquele canteiro de obras de uma capital fênix. Na verdade, preferia esse esmagamento brutal ao que se pensava e se dizia na França. À ironia condescendente daquele historiador do qual, um dia, estive ao lado num debate de televisão. Com um ar de desdém zombeteiro ele falara das "campanhas picrocolinas* de Hitler". Os participantes riram como de uma boa tirada e retomaram o pingue-pongue verbal comentando a inação vergonhosa da França e o rigor do inverno russo, que felizmente tinha obstruído o caminho dos nazistas... Teria sido preciso responder na hora, lembrar que aquele Picrocolo tinha vencido os exércitos mais poderosos do mundo e se encontrava perto da carótida do Volga, a dois passos da vitória decisiva. Impossível intervir naquele palavrório incessante. Veio-me então a lembrança de um gesto: um piloto francês desdobra um mapa geográfico e cobre o hexágono roxo de seu país com uma caixa de fósforos, aplicando-a depois sobre a superfície vermelha da União Soviética. Esse gesto teria sido a melhor resposta para os estrategistas do debate de televisão. Mas o programa já chegava ao fim, com a observação zombeteira de um dos participantes: "Em Stalingrado, um totalitarismo torceu o pescoço de outro, só isso!". Mais que nunca eu acreditava compreender, naquele momento, as reticências do Capitão... Enquanto nos tiravam a maquiagem, quatro ou cinco mulheres jovens esperavam sua vez de ser maquiadas, doentiamente excitadas, como costumam ficar os convidados nas antecâmaras desses bazares midiáticos. Eram romancistas e iam participar do debate "A pena pode dizer tudo sobre sexo?".

* Termo derivado do personagem Picrocolo, da obra satírica *Gargântua*, do francês François Rabelais (c. 1494-1553) [N. T.]

De noite, após a transmissão, reli a velha brochura encontrada no cais. Impressa em papel ruim, áspero e fosco, fora reeditada apenas três meses depois da derrota de junho de 1940 e reunia, sem tirar lições históricas, os feitos de armas da campanha da França. Uma crônica fragmentária e, ademais, censurada pelos alemães, uma sequência de croquis apanhados ao vivo: a defesa de um povoado, um corpo a corpo num lugarejo, a perda de um navio... Datas. Nomes. Patentes. Uma guerra vista por soldados, e não aquela reencenada meio século depois nos livros de história.

Depois vem uma retirada, em sete dias de combates contínuos, que leva o regimento à região de Charmes. Quatro divisões francesas formadas em tropas e cercadas por todos os lados lutam ali sem esperança. O 18º de Infantaria perdeu mais da metade dos seus efetivos...

A luta assume então um caráter de extraordinário encarniçamento. Combate-se com granadas, em certos pontos com baionetas. O próprio capitão Cafarel defende seu posto de comando, e é morto... O 2º Batalhão do 17º Regimento de Atiradores Argelinos perdeu nesses dois dias: doze de quinze oficiais, todos os suboficiais menos quatro, quatro quintos de seus efetivos. Tombaram como heróis sem ter recuado um milímetro...

Os efetivos da divisão estão reduzidos agora a alguns homens. Às dezoito horas, o inimigo, que quer acabar com tudo, lança um ataque em massa. Utilizando as munições dos feridos e dos mortos, os cavaleiros da 2ª Divisão resistem. As metralhadoras descarregam suas últimas fitas. O inimigo é rechaçado...

O torpedeiro *Foudroyant* afunda rapidamente. A roda da proa do navio permanece alguns minutos acima da água. O comandante Fontaine, de uma coragem magnífica, fica de pé sobre a roda da proa até o desaparecimento total da embarcação...

Foi naquela noite que a crônica da vida de Jacques Dorme de fato começou a se escrever em mim. Sabia que seria preciso falar também daquele adolescente que descobrira um país onde viviam os quatro cavalheiros da Guiana, e o soldado do último esquadrão, e daquele outro que tombava à margem do Meuse "quase tão pobre como quando viera para Paris". Trinta anos depois, eles estavam muito próximos, em meu espírito, do capitão Cafarel, do comandante Fontaine, do 2º Batalhão do 17º Regimento de Atiradores Argelinos.

Voltei à cidade de Jacques Dorme uma semana depois do meu retorno de Berlim. Meu projeto era passar vários dias ali dessa vez, instalando-me num hotel para ter tempo de reconstituir a cidade de outrora como se restaura um mosaico – no lugar de fragmentos de esmalte –, com aquela árvore centenária perto da igreja pichada, a tabuleta de uma padaria, aquelas letras floridas que não tinham mudado desde o entreguerras, a perspectiva de uma rua que escapava da feiura das antenas parabólicas. Imaginava poder recompor, ainda que na duração de um olhar, o que Jacques Dorme via em sua juventude, como era sua cidade natal, sua pátria.

Telefono várias vezes para o Capitão sem ouvir nem sua voz nem a de Lien. Calava-se também o estribilho de sua secretária eletrônica, cuja irônica polidez noutras vezes me fizera sorrir. Se tivesse que imaginar esses instantes na trama de um romance, provavelmente teria falado de inquietação crescente, de interrogações... Na verdade, meu primeiro pensamento foi o da morte. E a emoção mais viva desse pensamento não era a tristeza, nem mesmo o remorso de ter demorado e perdido meu tempo naquelas futilidades que costumam cercar o lançamento de um livro. Não, era a sensação de mudez. Como se a língua em que falávamos com o Capitão já não fosse falada por ninguém.

No trem, eu pensava que essa impressão de falar uma língua desaparecida era o que Alexandra devia ter sentido durante toda a sua vida russa.

Nada sugeria a morte na Allée de la Marne. Adivinhava-se apenas a ausência, o vazio atrás das persianas fechadas do número 16. A porta da garagem estava coberta de garatujas fosforescentes que, com o passar do tempo, tinham perdido a agressividade. As pontas do fio de ferro que fixavam às barras da grade o cartaz de "vende-se" estavam enferrujadas. Virei-me ao ouvir a voz que me era conhecida: era a vizinha, do número 11, que eu tomara por uma antiga cantora. "Sou eu que recolho toda a correspondência, é preciso, senão eles põem fogo, como já fizeram no vizinho da frente..." Ela abriu a caixa, retirou um prospecto. Dissera "eles" sem nenhum rancor, com resignação talvez, como se fala do mau tempo naquele pedaço do norte.

"Lien foi para o Canadá. Ela pensa em se instalar por lá, perto da irmã..." Atravessamos a rua na diagonal, do número 16 ao 11. A "cantora", imaginando que eu estava informado, não disse grande coisa, só algumas palavras sobre a partida de Lien, que levara as cinzas do marido.

Só, na Allée de la Marne, imaginei muito intensamente aqueles últimos minutos antes da partida. O rosto de Lien, aquela máscara pálida, sem expressão, e a força daquela impassibilidade asiática que expressava seu sofrimento melhor do que teriam feito traços torturados pela dor. Eu a via descer do alpendre, fechar a grade, segurar o volante...

Na esquina que ela atravessara, parei. Através da opacidade úmida do crepúsculo, os revérberos se enchiam de um azul leitoso. Numa cabine telefônica com as portas quebradas pendia um fone, intacto, e ouvia-se um pio, como se alguém ainda tivesse conseguido ligar para lá. O vento erguia as páginas queimadas de uma lista telefônica.

No meio da fileira de casas que margeava a Allée de la Marne, consegui distinguir a grade do número 16. Pensei que, para compreender o país de Jacques Dorme, essa centena de metros bastava, a distância entre a casa que um soldado acaba de deixar e essa esquina de onde ele se vira para lançar um último olhar aos que ficarão à espera.

Na decolagem, o helicóptero se inclina fortemente e consigo notar na casa da Beira a luz nas janelas da cozinha. Tenho a impressão de que o piloto também lança um olhar de soslaio para esse clarão. Talvez o derradeiro clarão de luz até o oceano Ártico, penso, e sinto dificuldade para medir o infinito branco que se abre diante de nós e que, num amplo sopro gelado, aspira nossa cabine leve como uma bolha de ar quente.

O vazio indevassado da cadeia dos montes Tcherski.

A altitude dos cumes aumenta imperceptivelmente. Isso se constata pelo desaparecimento das pequenas listras escuras, dos pequenos troncos que, apenas alguns minutos atrás, conseguiam se prender a esse limite extremo da tundra. Mais acima, duas matérias persistem: o gelo e a rocha. E duas superfícies: platôs cobertos de uma neve dura como granito e as fendas nuas das cristas.

É sobre um desses platôs que pousamos, depois de uma hora de voo. O terreno parece muito vasto visto do alto, mas ao descer está incrustado entre dois paredões brancos, transformando-se numa longa falha no meio das escarpas geladas. Ajudo os dois Liev a descarregar o material, a equilibrá-lo sobre um pequeno trenó chato.

"Quantos petardos vocês têm?", pergunta o piloto. O grande Liev se atrapalha na contagem. O pequeno exclama com o ar zeloso do escoteiro: "Doze, chefe. Começamos com o sol e teremos acabado antes do entardecer. Depois, é só o tempo de reembarcar". O sol ainda não tinha se levantado. Ele vai ficar uma hora e trinta e cinco minutos hoje, me explica o piloto... Os geólogos se afastam na direção de uma encosta que se eleva em degraus desiguais. Com um braço estendido para uma cavidade rochosa, o piloto me indica o caminho. Será preciso contornar o obstáculo de uma geleira, sair do vale, contornar um estreito platô até que o cume, que aparecerá primeiro como um único bloco, se divida em três picos escalvados: o Tridente...

"Têm doze cargas hoje, os nossos bombardeiros. Portanto, trate de ouvir as doze explosões. Conte bem. Na última, volte depressa. Eles ainda terão de recolher os cascalhos, e partiremos logo em seguida. Não podemos esperar..."

Eu saio, lançando olhares aos picos das montanhas que cercam nosso terreno de pouso, tentando reter alguns pontos de referência. O céu já está quase claro, o sol se levantará em meia hora... Ao contornar o rochedo escavado de uma gruta de gelo e perder de vista o terreno, escuto a primeira explosão.

O eco da sétima, multiplicado pela montanha, chegou a mim no instante exato em que se percebe um cume rochoso, maciço, de uma densidade prateada. Seus contornos lembram um grande sílex leitoso, grosseiramente talhado pelos ventos. Consulto o relógio: o sol já se levantou há vinte minutos. Dizer "se levantou" significa que ele desliza na linha do horizonte, invisível atrás das cristas, antes de desaparecer por uma noite de mais de vinte horas.

O cume, como todas as montanhas de que nos aproximamos, parece recuar; minha progressão se afunda nesse tempo que me repele, me retarda, como a neve dura sobre a qual patino. A oitava explosão é seguida quase imediatamente pela nona, como um eco. E o cume continua sendo um bloco único. Talvez não seja o Tridente, afinal. Olho em volta: erguem-se três ou quatro picos quase na mesma direção.

O eco da décima explosão me alcança, já com uma sonoridade surda, dando a medida da distância percorrida. O sol, invisível, percorre o céu há três quartos de hora. Apresso a marcha, tento correr, caio. O solo nevado que empurro para me levantar tem a rugosidade seca do esmeril.

De repente, duas finas incisões de luz riscam o cume. A superfície que parecia plana se recorta em facetas, lados, cavidades onde dormita uma sombra violeta, espessa. O sol jorrou através de alguma falha secreta, uma investida que dá vida a essa breve projeção luminosa. A carga seguinte explode bem longe. A sequência de ecos é ainda mais longa que antes. A décima primeira? A décima segunda, a última? Já não sei se contei direito. Recordo as palavras do piloto: "Não podemos esperar. Senão, no escuro, eu pico todo esse pedregulho com meu rotor". Começo a correr, os olhos no cume, escorrego muitas vezes, o solo não está mais imóvel, o vento expulsa longos filamentos de poeira. A cada passo, contudo, a mudança é perceptível. Os raios de luz se alargam, dividem a montanha em três imensos cristais, quebram o cume. Aquilo parece menos um tridente que uma asa de pássaro partida. Tropeço numa ladeira, paro, a respiração esfolando de sangrar por causa do frio. O curso acinzentado de uma geleira barra o caminho. Examino os três lances iluminados da montanha: a rocha está apenas embranquecida de geada; a neve, rara nesta região de invernos secos, não consegue se prender nas paredes lisas. Escarpas, falhas, fendas gigantes onde nevadas se acumulam quase intocadas pelos milênios. E os feixes de sol que já começam a empalidecer. Nada mais. Nada...

De repente, avisto a cruz do avião.

Dois riscos escuros cruzados sobre a camurça clara da geada. Não estão nos triângulos iluminados do cume, mas bem abaixo, na base do feixe. A silhueta do avião é facilmente reconhecível. O aparelho não se despedaçou na queda, mas, tentando pousar, incrustou-se na rocha e ali ficou, soldado à montanha, ao seu deserto ártico, a suas noites sem fim.

Nenhum pensamento me ocorreu. Nenhuma emoção. Nem mesmo a alegria de ter atingido o fim. Apenas a certeza de viver o essencial do que eu precisava compreender.

A perfuração do sol enfraqueceu. Mas o avião continua visível. Vejo até o brilho da cabine. Sob o vidro se adivinha um reflexo de vida. Uma vida silenciosa, centrada num passado do qual em breve não restará mais nada sobre esta terra. A vida que nossas palavras chamam, canhestramente, ora de morte, ora de esquecimento, ora de lembrança dos homens.

Vem-me então ao espírito a palavra do velho gigante que tentou falar dessa vida e da distância que nos separa dela: "Eles olham o céu sem empalidecer e a terra sem corar!". Num passado longamente sonhado e de repente presente, um aviador salta da cabine e fica de pé ao lado do avião com uma das mãos pousada numa aresta da hélice. Estou infinitamente próximo do seu silêncio, adivinho o sentido do seu olhar voltado para a terra. Uma velha casa de madeira perdida no meio das estepes, uma noite de guerra, as palavras vagarosas de uma mulher, as primeiras gotas de um temporal de primavera, um breve amor cuja eternidade se desfia na queda das pérolas de um colar partido...

O eco da explosão é longo, e suas réplicas fazem vibrar uma onda prolongada e cada vez mais decantada. Uma sonoridade que se afina até a impressão de ressoar além de nossas vidas, a uma distância longínqua onde este dia ártico não passa de um reflexo fugaz. Aqui, as notas do eco se esgotam, se apagam sob o chiado das agulhas de gelo que o vento varre sobre o solo. Mas lá, o homem de pé ao lado do avião ouve também. Um longo canto de adeus, um canto de luz.

O raio de sol se extinguiu há um instante, a cruz do avião se funde no rápido empalidecer da noite. As rajadas começam a esbater o contorno das montanhas. Eu não veria as balizas de rochedos observadas na ida. Mas a vibração do último eco parece sobreviver ainda entre os cumes. Uma corda muito tensa que resiste ao vento. Sinto-a vibrar muito profundamente em mim.

Bastará simplesmente não deixar de ouvi-la para reencontrar o caminho.

Coordenação editorial LUCIANA ARAUJO
Preparação DENISE PESSOA
Projeto gráfico GABRIELA CASTRO
Revisão RAUL DREWNICK e ISABEL JORGE CURY
Produção gráfica ALINE VALLI

Este livro, publicado no âmbito do programa de auxílio à publicação 2010 Carlos Drummond de Andrade da Mediateca da Maison de France, contou com o apoio do Ministério francês das Relações Exteriores e Europeias.

Cet ouvrage, publié dans le cadre du Programme d'Aide à la Publication 2010 Carlos Drummond de Andrade de la Médiathèque de la Maison de France, bénéficie du soutien du Ministère français des Affaires Etrangères et Européennes.

Dados Internacionais de Catalogação na Publicação (CIP)
(Câmara Brasileira do Livro, SP, Brasil)

Makine, Andreï [1957-]
A terra e o céu de Jacques Dorme: Andreï Makine
Título original: *La Terre et le ciel de Jacques Dorme*
Tradução: Celso Mauro Paciornik
São Paulo: Cosac Naify, 2010
160 pp.

ISBN 978-85-7503-911-3

1. Ficção francesa I. Título.

10-04838 CDD-843

Índices para catálogo sistemático:
1. Ficção: Literatura francesa 843

COSAC NAIFY
Rua General Jardim, 770, 2º andar
01223-010 São Paulo SP
Tel. [55 11] 3218 1444
www.cosacnaify.com.br

Atendimento ao professor [55 11] 3218 1473

MÉDIATHÈQUE MaisondeFrance

Liberté • Égalité • Fraternité
RÉPUBLIQUE FRANÇAISE

Fonte HOEFLER TEXT e POLITICA
Papel PÓLEN SOFT 80 G/M²
Impressão CROMOSETE
Tiragem 3000